Sir Arthur Conan Doyle

La ceinture empoisonnée

Traduit de l'anglais par Robert Latour

Couverture et illustrations
de Michel Siméon

Nouvelle édition
revue et corrigée

Laffont

Du même auteur,
dans Le Livre de Poche Jeunesse

Le Monde perdu

Le Livre de Poche
Jeunesse

Sir Arthur Conan Doyle, 1859-1930, naquit en Écosse. Médecin et grand voyageur, il écrivit très tôt, pour des magazines, ses premières nouvelles policières. Et ce fut la gloire quand il créa le personnage de Sherlock Holmes, le fameux détective qui résout tous les mystères. Autre héros inoubliable : le professeur Challenger, explorateur de science-fiction, dont Conan Doyle, un jour, emprunta la barbe pour se faire photographier avec des amis.

La ceinture empoisonnée

Chapitre 1

Des lignes qui se brouillent

Mon devoir est clair : je n'ai pas un instant à perdre ! Ces événements prodigieux sont encore frais dans ma mémoire : il me faut les relater dans tous leurs détails avec une exactitude que le temps risquerait d'effacer. Mais, au moment d'écrire, comment ne saluerais-je pas le miracle qui a permis à notre petite équipe du « Monde perdu* » (le professeur Challenger, le professeur Summerlee, Lord John Roxton et moi-même) de vivre cette nouvelle expérience passionnante ?

Lorsque, il y a quelques années, je rendais compte dans la *Daily Gazette* de notre voyage sensationnel en Amérique du Sud, je ne pensais guère avoir à raconter un jour une aventure per-

* *Le Monde perdu,* Le Livre de Poche Jeunesse, n° 15.

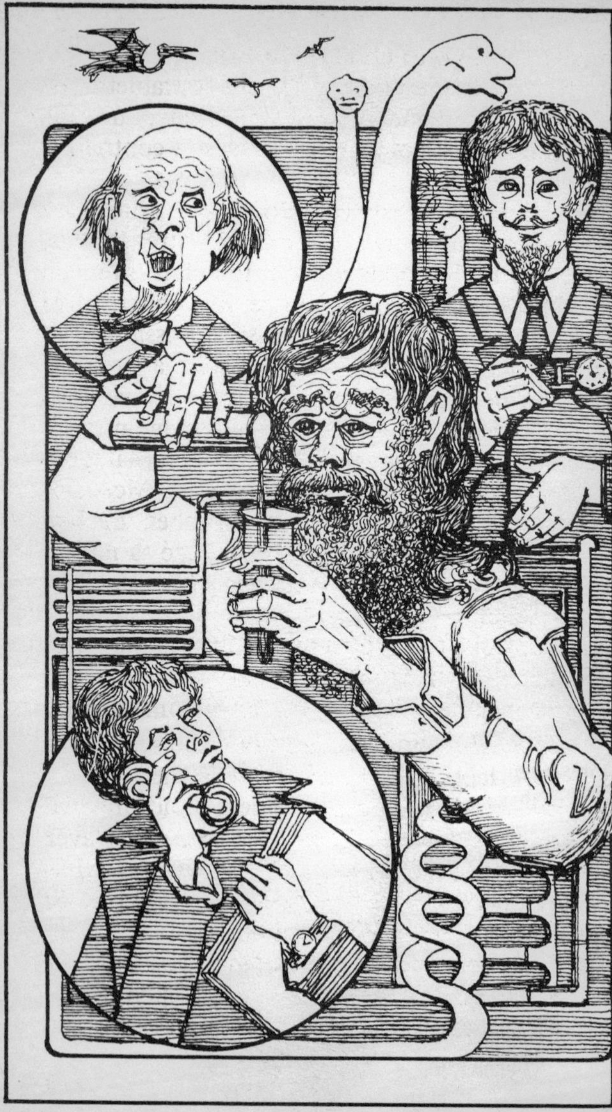

sonnelle encore plus étrange. Or celle-ci est unique dans les annales de l'humanité ; sur les tablettes de l'Histoire elle brillera irrésistiblement : un pic majestueux écrase toujours les modestes contreforts qui l'entourent.

Pour vivre cet épisode extraordinaire nous nous sommes trouvés réunis tous les quatre le plus normalement du monde. Non toutefois sans un concours de circonstances que je vais conter aussi brièvement et aussi précisément que possible... La curiosité publique, toujours insatiable, a droit au maximum de détails sur un sujet aussi important.

Ce vendredi 27 août (date à jamais mémorable dans l'Histoire), je me rendis à mon journal pour demander un congé de trois jours à M. McArdle, qui est toujours notre rédacteur en chef. Le bon vieil Écossais a hoché la tête, il a tripoté sa maigre frange de cheveux rougeâtres, avant de se décider à traduire enfin sa répugnance.

« Je pensais justement, monsieur Malone, que nous pourrions ces jours-ci vous occuper avec profit... Je me disais qu'il y avait là une histoire particulière... bref une histoire que vous seul seriez capable de débrouiller et de mener à bien.

— J'en suis désolé ! répondis-je en cachant mal ma déception. Naturellement, puisque vous avez besoin de moi, la question ne se pose plus. Mais j'avais un rendez-vous important, et personnel... Si vous pouviez vous passer de moi...

— C'est que je ne vois pas comment... »

La pilule était amère ; je n'avais qu'à l'avaler sans trop de grimaces. Après tout, c'était ma faute : depuis quand un journaliste a-t-il des projets personnels ? Je pris un air guilleret :

« N'en parlons plus ! Que voulez-vous de moi ?

— Simplement une interview de ce diable d'homme qui habite à Rotherfield...

— Du professeur Challenger ? m'écriai-je.

— Hé oui, pardi ! il a « coursé » le jeune Alec Simpson, du *Courrier*, sur quinze cents mètres, il l'a fait dévaler la grande route en le tenant d'une main par le col de sa veste et de l'autre par le fond de son pantalon... Vous avez lu ça, n'est-ce pas, dans les rapports de la police ? Vos camarades préféreraient interviewer un alligator en liberté ! Mais vous, vous pourriez tenter votre chance : vous êtes de vieux amis. Et je me disais... »

J'étais tout à fait soulagé :

« Alors, tout va bien ! C'était justement pour rendre visite au professeur Challenger que je vous demandais un congé. Pour l'anniversaire de notre aventure d'il y a trois ans, il a invité notre équipe chez lui à Rotherfield et nous y célébrerons l'événement tous les quatre.

— Formidable ! rugit McArdle en se frottant les mains et en dardant sur moi un regard qui étincelait derrière ses lunettes. Formidable ! Dans ce cas, vous allez savoir ce qu'il pense. De tout autre je dirais qu'il s'agit de rêveries lunaires, mais ce type a vu juste une fois ; on ne sait jamais ; il peut avoir mis dans le mille une autre fois.

— Ce qu'il pense de quoi ?

— Vous n'avez pas lu dans le *Times* d'aujourd'hui sa lettre sur les « Perspectives scientifiques » ?

— Non. »

McArdle, alors, plongea vers le plancher où il ramassa le journal en question.

« Lisez à haute voix, m'ordonna-t-il en désignant une colonne. Je serai content de l'entendre, car je ne suis pas sûr d'avoir bien compris à la première lecture ce que le bonhomme a dans la tête. »

La lettre que je lus aussitôt à mon rédacteur en chef était ainsi rédigée :

PERSPECTIVES SCIENTIFIQUES

Monsieur,

J'ai lu avec un amusement qui n'était pas complètement dépourvu d'un sentiment moins flatteur, la lettre suffisante et pour tout dire imbécile de James Wilson Mac Phail, récemment publiée dans vos colonnes, sur le brouillage des lignes de Frauenhofer dans les spectres des planètes et des étoiles fixes. Selon lui, l'affaire est sans signification. Pour une intelligence plus développée que la sienne, l'affaire peut revêtir au contraire une très grande importance : si grande qu'elle mettrait en jeu, par exemple, la vie de tous les hommes, femmes et enfants sur cette planète. Le langage scientifique m'apparaît impropre à communiquer mes vues à un public dont l'intelligence est suffisamment indigente pour se nourrir d'articles de journaux. Je m'efforcerai donc de me mettre à sa portée et d'user, pour m'expliquer, d'un raisonnement par analogie qui ne dépassera pas les capacités intellectuelles de vos lecteurs...

— Mon cher, c'est un as ! une merveille vivante ! s'exclama McArdle. Il a fait se hérisser les plumes d'une colombe au biberon, il a provoqué une émeute à une réunion de Quakers : rien d'étonnant que Londres lui soit devenu intenable ! C'est dommage, monsieur Malone, car c'est un grand cerveau ! Bon : tâtons un peu de son analogie.

Nous supposerons qu'un petit paquet de bouchons reliés les uns aux autres a été lancé dans un courant paresseux pour lui faire traverser l'Atlantique. Lentement, jour après jour, les bouchons seront entraînés dans des conditions invariantes. Si les bouchons étaient doués de sensibilité, on peut imaginer qu'ils considéreraient ces conditions comme permanentes et sûres. Mais, avec notre science supérieure, nous savons que des tas de choses peuvent survenir qui surprendraient fort les bouchons. Ainsi ils pourraient heurter un bateau, ou une baleine endormie, à moins qu'ils n'échouent dans des herbes. En tout état de cause, leur voyage se terminerait sans doute par un accostage brutal sur les rochers du Labrador. Mais comment s'en douteraient-ils pendant qu'ils flottent tranquillement sur ce qu'ils croient être un océan illimité et homogène ?

Vos lecteurs saisiront peut-être que l'Atlantique,

dans cette parabole, représente le puissant océan de l'éther où nous flottons, et ce paquet de bouchons le minuscule et obscur système planétaire auquel nous appartenons. Soleil de troisième catégorie qui remorque une racaille de satellites insignifiants, nous sommes entraînés dans les mêmes conditions quotidiennes vers je ne sais quelle fin : mettons une misérable catastrophe qui nous engloutira aux derniers confins de l'espace où nous serons projetés dans un Niagara de l'éther ou brisés sur quelque impensable Labrador. Je ne vois là rien qui laisse une place à l'optimisme superficiel et ignare de votre correspondant, M. James Wilson Mac Phail. Au contraire j'y discerne quantité de raisons de surveiller avec vigilance toute indication de changement dans l'ambiance cosmique dont dépend peut-être notre destinée.

— Mon cher, il aurait fait un grand ministre ! coupa McArdle, admiratif. Il a les résonances d'un orgue... Bon. Maintenant voyons un peu ce qui le tracasse.

Le brouillage général et le déplacement des lignes de Frauenhofer du spectre indiquent, selon moi, une modification cosmique considérable dont le caractère est à la fois subtil et singulier. La lumière d'une planète est la lumière réfléchie du soleil. La lumière d'une étoile est une lumière autonome à origine personnelle. Or dans cet exemple tous les spectres, aussi bien ceux des étoiles que ceux des planètes, accusent la même modification. Serait-elle la conséquence d'une modification inter-

venue dans ces planètes et ces étoiles ? Une telle hypothèse me semble insoutenable : quelle modification commune pourrait intervenir simultanément aussi bien dans les planètes que dans les étoiles ? S'agit-il alors d'une modification de notre propre atmosphère ? C'est possible, mais très improbable, puisque nous n'en avons décelé aucun symptôme autour de nous, et que les analyses chimiques ne

l'ont pas établie. Quelle serait dans ces conditions la troisième éventualité ? Une modification du milieu conducteur, de cet infini d'éther fin qui s'étend d'une étoile à l'autre et se répand dans tout l'univers. Au sein de cet océan d'éther nous flottons sur un courant paresseux : est-il interdit de croire que ce courant nous emporte vers des zones d'éther neuf à propriétés inimaginables ?

Une modification s'est produite quelque part. Elle peut être mauvaise. Elle peut être bonne. Elle peut être neutre : ni bonne ni mauvaise. Nous n'en savons rien. Libre à des observateurs légers de traiter ce sujet avec dédain ! Mais l'homme qui comme moi-même possède une intelligence plus profonde (celle du véritable philosophe) comprendra que les possibilités de l'univers sont incalculables, et que la sagesse consiste à se tenir prêt pour l'imprévu.

Prenons un exemple : qui oserait soutenir que cette épidémie subite, mystérieuse, et générale qui s'est déclarée parmi les indigènes de Sumatra et qui a été relatée ce matin même dans vos colonnes, est sans rapport avec une modification cosmique à laquelle ils sont peut-être plus sensibles que les populations complexes de l'Europe ? Je lance l'idée pour ce qu'elle vaut. Certifier qu'elle est exacte serait, dans l'état actuel des choses, aussi stupide qu'affirmer qu'elle est fausse. Mais il faudrait être un idiot bien épais pour croire qu'elle dépasse le cadre des perspectives scientifiques.

Votre dévoué,
George Edward Challenger,
Les Bruyères, Rotherfield.

« Une belle lettre, et qui stimule la matière grise ! commenta McArdle en ajustant une cigarette dans le long tuyau de verre qui lui servait de fume-cigarette. Qu'en pensez-vous, monsieur Malone ? »

Il me fallut avouer mon ignorance totale, humiliante, du sujet abordé dans cette communication. Ainsi, qu'est-ce que c'était que ces « lignes de Frauenhofer » ? Heureusement, McArdle venait d'étudier la question avec le concours du savant maison ; aussi s'empressa-t-il de tirer de son bureau deux bandes spectrales multicolores (comme ces rubans qu'on voit parfois aux chapeaux des membres d'un club de cricket). Il me montra certaines lignes noires qui formaient des croisillons sur la série des couleurs brillantes allant du rouge au violet, en passant par des gradations d'orange, de jaune, de vert, de bleu et d'indigo.

« Ces lignes noires sont les lignes de Frauenhofer, m'expliqua-t-il. Les couleurs sont la lumière elle-même. N'importe quelle lumière, si vous la décomposez avec un prisme, donne les mêmes couleurs. Elles ne nous apprennent rien. Ce sont les lignes qui comptent, parce qu'elles varient selon ce qui produit la lumière. Or ces lignes noires, la semaine dernière, se sont brouillées, et tous les astronomes se disputent pour en donner la raison. Voici une photographie de ces lignes brouillées : nous la publierons dans notre numéro de demain. Le public n'y a pris jusqu'ici aucun intérêt, mais je pense que cette lettre de Challenger dans le *Times* mettra le feu aux poudres.

— Et cette histoire de Sumatra ?

— Ça, il y a loin d'une ligne brouillée dans un spectre à un nègre malade dans Sumatra ! Seulement, votre phénomène nous a déjà prouvé qu'il savait de quoi il parlait. Sans aucun doute il sévit là-bas une maladie bizarre. Un câble de Singapour vient justement de nous apprendre que les phares ont cessé de fonctionner dans les détroits de la Sonde ; conséquence : deux navires à la côte... Bon ! De toute façon voilà un joli sujet de conversation entre Challenger et vous. Si vous obtenez quelque chose de précis, ça fera une colonne pour lundi. »

Au moment où, la tête pleine de cette nouvelle affaire, je quittais le bureau de mon rédacteur en chef, j'entendis appeler mon nom dans le salon d'attente. C'était un petit télégraphiste avec une dépêche que, de mon appartement, on m'avait fait suivre. Ce message était ainsi conçu : *« Malone, 17, Hill Street, Streatham. — Apportez oxygène. — Challenger. »*

« Apportez oxygène ! » Le Professeur, je ne l'avais pas oublié, était doté d'un sens éléphantesque de l'humour qui pouvait le pousser à des gaudrioles aussi lourdes qu'incongrues. S'agissait-il là de l'une de ces plaisanteries qui déclenchaient son énorme rire, réduisant son visage à une bouche béante et une barbe hoquetante, et pulvérisant la gravité dont il s'entourait comme Jupiter sur son Olympe ?

J'avais beau réfléchir sur ces deux mots, il m'était impossible de leur trouver une résonance facétieuse. C'était sûrement un ordre : précis autant qu'étrange ! Et Challenger était le seul homme au monde à qui je ne me souciais pas de désobéir. Peut-être avait-il envisagé une expérience de chimie. Peut-être... Zut ! Qu'avais-je besoin de chercher à découvrir ce qu'il voulait ? Il fallait que je me procure de l'oxygène, voilà tout !

Il me restait une heure avant le train qui partait de Victoria. Je sautai dans un taxi, et me fis conduire à la Société de Distribution des Boutcilles d'Oxygène, dans Oxford Street.

Comme je mettais pied à terre devant l'immeuble, deux jeunes gens en sortaient, portant un tube cylindrique de fer ; ils le hissèrent devant moi dans une voiture qui attendait. Et sur leurs talons je vis apparaître un homme âgé dont la voix de crécelle leur disait des choses désagréables. Il se tourna vers moi... Pas d'hésitation sur ces traits austères et ce bouc : c'était mon revêche ami, le professeur Summerlee.

« Quoi ! s'exclama-t-il en me voyant. Auriez-vous reçu vous aussi cet absurde télégramme ? »

Je le sortis de ma poche.

« Bon ! Bon ! J'en ai reçu un également. Vous savez, c'est vraiment à contrecœur que je me suis incliné. Notre vieil ami est, comme toujours, impossible ! Comme s'il ne pouvait pas se procurer de l'oxygène par les moyens ordinaires ! Mais non : il a fallu qu'il morde sur le temps de ceux qui ont mieux à faire que lui ! Pourquoi ne l'a-t-il pas commandé directement ?

— Sans doute en a-t-il besoin immédiatement ?

— Ou il a cru qu'il en aurait besoin immédiatement ! Ce qui n'est pas la même chose... Voyons, vous n'allez pas acheter une autre bouteille ? Dans la mienne il y a assez d'oxygène pour deux, non ?

— Écoutez : il m'a tout l'air de tenir à ce que nous lui apportions chacun une bouteille. Je préfère ne pas le contrarier. »

Summerlee haussait les épaules, grognait, mais je ne me laissai pas faire : j'achetai une bouteille qui alla rejoindre la première dans sa voiture, car il m'avait offert de me conduire à Victoria.

Je m'éloignai pour payer mon taxi ; le chauffeur était hargneux : il me réclamait un pourboire excessif. Finalement je m'en débarrassai et je revins vers le professeur Summerlee : il était près de se colleter avec les jeunes employés qui avaient transporté son oxygène ; d'indignation son bouc se soulevait. L'un des garçons l'appela, je m'en souviens : « Vieux cacatoès imbécile ! » Pareille insulte fit sursauter le chauffeur de Summerlee qui prit fait et cause pour son maître et descendit de son siège pour punir l'insolent. Nous évitâmes la bagarre de justesse.

Tous ces détails peuvent paraître bien banals, et indignes de figurer dans mon récit. Mais c'est seulement à présent, avec le recul, que je distingue leur place dans l'enchaînement des faits tels que je dois les raconter.

Le chauffeur de Summerlee était un novice, ou il avait eu les nerfs troublés par la dispute, car il se révéla très maladroit. Nous faillîmes tamponner deux autres voitures (aussi mal pilotées d'ailleurs) et je me rappelle avoir fait remarquer à Summerlee que la qualité moyenne des chauffeurs, à Londres, avait baissé. Ensuite nous frôlâmes de très près un attroupement qui s'était formé pour regarder une rixe à l'angle du Mall ; très excités, des gens vociféraient contre notre « chauffard » ; l'un d'eux même sauta sur le marchepied et brandit une canne dans notre direction. Je le repoussai, mais nous ne fûmes pas mécontents de quitter le parc sains et saufs. Tous ces petits événements, survenant les uns après les autres, m'avaient mis les nerfs en boule ; quant à mon compagnon, son irritabilité traduisait une impatience qu'il ne contrôlait plus.

Nous retrouvâmes notre bonne humeur devant Lord John Roxton qui nous guettait sur le quai : toujours mince et long, il était vêtu d'un costume de chasse en tweed marron clair. Quand il nous aperçut, son visage aigu, dominé par des yeux inoubliables, à la fois féroces et souriants, s'éclaira de plaisir. Des fils gris couraient à présent dans ses cheveux roux, des rides avaient été creusées par le burin du Temps, mais il était toujours le Lord John avec lequel nous nous étions si bien entendus dans le passé.

« Hello ! Herr Professor ! Hello ! bébé ! »

Il rugit de joie devant les bouteilles d'oxygène qu'un porteur tirait derrière nous.

« Alors vous en avez pris aussi ? La mienne est dans le fourgon. Qu'est-ce que le cher vieux peut bien en faire ?

— Attendez ! lui dis-je. Avez-vous lu sa lettre au *Times* ?

— Un baratin absurde ! déclara Summerlee avec une grande sévérité.

— Eh bien, elle est à la base de cette histoire d'oxygène, ou je me trompe fort !

— Un baratin absurde ! » répéta Summerlee avec une violence qui ne s'imposait pas.

Nous avions pris place dans un compartiment de première classe pour fumeurs, et il avait déjà allumé la courte pipe de bruyère charbonneuse qui semblait prolonger la ligne agressive de son nez. « L'ami Challenger est un homme intelligent ! poursuivit-il. Personne ne peut le nier. Il faudrait être fou. Considérez son chapeau : dessous il y a un cerveau qui fait 1 kilo 700 ; c'est un gros moteur, qui tourne bien, et qui abat du bon travail. Montrez-moi le capot, je vous dirai le volume du moteur. Seulement Challenger est aussi un bateleur né. Vous m'avez entendu : je le lui ai lancé une fois en pleine figure. Il est né bateleur, cabot ; il lui faut toujours le feu des projecteurs. Tout est calme ? Eh bien, l'ami Challenger cherche l'occasion de faire parler de lui ! Vous n'imaginez pas qu'il croit sérieusement en cette idiotie d'une modification de l'éther qui mettrait la race humaine en péril ? De sa part, c'est invention pure : je conviens que c'est l'invention la plus audacieuse qui ait jamais été produite sur cette terre, mais... »

Il avait l'air d'un vieux corbeau blanchi qui croasse, avec ce rire sardonique qui secouait son grand corps.

En l'écoutant, je sentis la colère m'envahir. N'était-il pas inélégant de parler ainsi du chef qui était à l'origine de toute notre célébrité et qui nous avait fait vivre une expérience à nulle autre pareille ? J'ouvrais la bouche pour répliquer, mais Lord John me devança :

« Vous vous êtes déjà battu une fois avec le vieux Challenger, dit-il froidement à Summerlee. Et vous avez été mis knock-out au premier round. Il me semble, professeur Summerlee, qu'il est d'une classe supérieure à la vôtre. Le mieux que vous ayez à faire est de cheminer derrière lui : laissez-le seul en tête ! »

Je renchéris aussitôt :

« Par ailleurs, il s'est toujours montré un bon ami avec chacun d'entre nous. Quels que soient ses défauts, il est droit comme un fil, et je ne crois pas qu'il ait jamais dit du mal de ses camarades derrière leur dos.

— Bien parlé, bébé !... »

Lord John Roxton me dédia un gentil sourire avant de taper amicalement sur l'épaule de Summerlee :

« ... Allons, Herr Professor, nous ne commencerons pas cette journée par une dispute ? Nous en avons trop vu ensemble ! Mais prenez garde à ne pas piétiner les plates-bandes de Challenger, car le jeune bébé et moi-même nous avons un faible pour ce cher vieux Professeur. »

L'humeur de Summerlee ne se prêtait malheureusement à aucun compromis. Il avait le visage fermé ; ses traits durcis par la désapprobation n'exprimaient que l'intolérance ; de sa pipe s'échappaient les furieux anneaux d'une fumée épaisse. Sa voix grinçante s'adressa à Lord John :

« Votre opinion sur un sujet scientifique présente à mes yeux autant de valeur qu'aux vôtres mon avis sur un nouveau modèle de fusil. J'ai mon jugement, monsieur, et j'en use à ma guise. Parce qu'il m'a trompé une fois, est-ce une raison pour que j'accepte sans esprit critique n'importe quelle élucubration plus ou moins tirée par les cheveux ? Aurions-nous donc un pape de la Science, dont les décrets infaillibles seraient énoncés *ex cathedra*, et devant lesquels le pauvre public devrait s'incliner sans murmurer ? J'ai l'honneur, monsieur, de vous informer que je possède aussi un cerveau, et que je me prendrais pour un snob ou pour un serf si je ne le mettais pas à contribution. Peut-être vous plaît-il de croire ces propos incohérents sur l'éther et sur les lignes spectrales de Frauenhofer ? A votre aise ! Mais ne demandez pas à un aîné, plus cultivé que vous, de partager votre stupidité. Voyons, monsieur, si l'éther était affecté au degré que prétend Challenger, et s'il était devenu nocif pour la santé humaine, les résultats n'en apparaîtraient-ils pas sur nous-mêmes ?... »

Il se mit à rire, tellement cet argument lui semblait sans réplique.

« ... Oui, monsieur, nous devrions déjà être très différents de ce que nous sommes ! Au lieu d'être tranquillement assis en chemin de fer, à discuter de problèmes scientifiques, nous devrions montrer quelques symptômes du poison qui nous travaille.

Où voyez-vous un signe de ce trouble cosmique ? Allons, monsieur, répondez à cela ! Répondez ! Allons, pas d'échappatoire ! Je vous somme de répondre ! »

La moutarde me montait au nez. Dans le comportement de Summerlee il y avait quelque chose de très désagréable, d'agressif... Je ne pus me contenir plus longtemps.

« Si vous connaissiez les faits un peu mieux, vous seriez moins affirmatif ! »

Summerlee retira sa pipe de sa bouche et me fixa avec un étonnement glacé.

« Auriez-vous l'obligeance de me dire, monsieur, ce que sous-entend cette remarque impertinente ?

— Je veux simplement dire ceci : quand j'ai quitté le journal, nous venions de recevoir un télégramme annonçant une épidémie générale chez les indigènes de Sumatra ; la dépêche ajoutait que les phares n'avaient pas été allumés dans les détroits de la Sonde. »

Summerlee explosa.

« Réellement il devrait y avoir des limites à la folie et à la bêtise humaine ! Ne comprenez-vous pas que l'éther, si nous adoptons un instant l'hypothèse saugrenue de Challenger, est une substance universelle, la même ici qu'à l'autre bout du monde ? Supposez-vous par hasard qu'il y a un éther anglais et un éther de Sumatra ? Peut-être vous imaginez-vous que l'éther du Kent est supérieur à l'éther du Surrey à travers lequel nous transporte actuellement notre train ?... Non, décidément, le profane est indécrottable ! Est-il conce-

vable que l'éther à Sumatra soit mortel au point de provoquer là-bas une insensibilité totale alors qu'au même moment il n'a par ici aucun effet perceptible ? En vérité, personnellement je ne me suis jamais senti plus solide et plus équilibré !

— C'est possible, répondis-je. Je ne suis pas un savant. J'ai pourtant entendu dire et répéter que la science d'une génération était généralement considérée comme un amas d'erreurs par la génération suivante. Mais il ne faut pas beaucoup de bon sens pour voir que, l'éther étant si peu connu des savants, il pourrait être affecté d'un trouble local, sur quelque point du globe, dont l'effet pourrait se propager jusqu'à nous.

— Avec des « pourrait » et tous les conditionnels du monde, s'écria Summerlee furieux, on prouve n'importe quoi ! Les cochons pourraient voler. Oui, monsieur, les cochons pourraient voler, mais ils ne volent pas ! Il est d'ailleurs inutile de discuter avec vous : Challenger a semé l'absurdité dans vos cervelles. Vous êtes incapables de raisonner : je ferais aussi bien de discuter avec les coussins du compartiment ! »

Lord John prit un visage sévère :

« Je me vois obligé de vous dire, professeur Summerlee, que vos manières ne se sont guère améliorées depuis que j'ai eu le plaisir de vous rencontrer !

— Votre Seigneurie n'est pas habituée à entendre la vérité ? Cela vous fait quelque chose, n'est-ce pas, quand on vous prouve que derrière votre titre se cache un pauvre ignorant.

— Ma parole, monsieur ! répliqua durement Lord John, si vous étiez plus jeune, vous n'auriez pas l'audace de me parler sur ce ton ! »

Summerlee pointa son bouc en avant d'un mouvement sec du menton :

« Je vous apprendrai, monsieur, que je n'ai jamais eu peur, jeune ou vieux, de dire son fait à un petit maître ignorant... Oui, monsieur, à un petit maître ignorant !... Même si cet imbécile pouvait se parer de tous les titres que les esclaves ont inventés et dont seuls les sots s'enorgueillissent. »

Pendant quelques instants les yeux de Lord John jetèrent des éclairs. Enfin, au prix d'un effort colossal, il dompta sa colère, s'adossa contre son siège et croisa les bras ; mais quelle amertume dans son sourire ! J'étais atterré. Comme une vague, le souvenir de notre passé commun déferlait : notre camaraderie, nos jours de joie, d'aventures, et aussi toutes nos souffrances, nos angoisses, notre travail... tout ce que nous avions gagné enfin ! Était-ce pour en arriver là ? Des insultes, des injures... Alors subitement j'éclatai en sanglots : des sanglots entrecoupés, bruyants, incontrôlables ; je ne pouvais pas m'arrêter ; mes compagnons me regardaient avec étonnement ; j'avais enfoui ma tête dans mes mains. Je dis enfin :

« Ne vous inquiétez pas. Seulement... seulement c'est tellement dommage !

— Vous êtes malade, bébé ! murmura Lord John. Voilà ce qui ne va pas. Depuis le début je vous ai trouvé bizarre. »

Summerlee intervint avec une grande sévérité :

« Durant ces trois années vous n'avez pas, monsieur, corrigé vos habitudes ! Moi non plus je n'avais pas manqué d'observer depuis notre rencontre que votre comportement était étrange. Ne gaspillez pas votre sympathie, Lord John ! Ces larmes sont celles d'un alcoolique : Malone a bu, voilà tout ! D'autre part, Lord John, je vous ai traité de « petit maître » : peut-être ai-je été excessif. Mais le mot me rappelle quelque chose : vous me connaissez sous les apparences d'un savant austère, n'est-ce pas ? Or je possède un petit talent de société dans lequel je suis passé maître. Me croiriez-vous si je vous disais que dans quelques nurseries je me suis fait une réputation méritée (tout à fait méritée, Lord John !) d'imitateur ? Et d'imitateur de quoi ? je vous le donne en mille ! J'imite à la perfection les animaux de basse-cour. Au fait, ce serait une façon agréable de passer ici notre temps ! Voulez-vous m'entendre imiter le cocorico du coq ?

— Non, monsieur ! répondit Lord John encore sous le coup de l'offense. Cela ne me ferait aucun plaisir.

— Mon imitation de la poule qui vient de pondre est cotée par les connaisseurs nettement au-dessus de la moyenne. En voulez-vous un échantillon ?

— Non, monsieur, non ! Certainement pas. »

Mais le professeur Summerlee était décidé à négliger l'avis qu'il sollicitait. Déjà il posait sa pipe... Jusqu'à la fin de notre voyage, il nous amusa (du moins il essaya de nous amuser) par une succession de cris d'oiseaux et d'animaux divers qui nous semblèrent si absurdes que mes larmes cessèrent comme par enchantement : je fus pris au contraire d'un fou rire quasi hystérique quand je vis, ou plutôt entendis, le grave professeur assis en face de moi imiter le glapissement du chien dont la queue est prise dans une porte. Lord John me passa son journal ; il avait écrit au crayon dans la marge : « Pauvre diable ! Il est fou à lier ! » Évidemment les manières du Professeur étaient très excentriques ; néanmoins son « petit talent » me sembla extraordinairement divertissant.

Puis Lord John se pencha vers moi et il me raconta je ne sais quelle histoire interminable : il était question d'un buffle et d'un rajah des Indes ; j'eus l'impression qu'elle n'avait ni queue ni tête. Au moment où l'action se corsait, et où parallèlement le professeur Summerlee se lançait dans les roulades d'un canari, notre train s'arrêta à Jarvis Brook, petite gare qui nous avait été indiquée comme la plus proche de Rotherfield.

Challenger était là pour nous accueillir. Il avait l'air radieux. Aucun paon sur la terre depuis la création n'aurait pu rivaliser avec lui en dignité dédaigneuse ; il paradait sur le quai de la gare ; il considérait les gens avec un sourire condescendant... S'il avait changé avec les années, ce n'avait été qu'en accentuant ses caractéristiques : la grosse tête et le front haut toujours barré d'une mèche de cheveux noirs cosmétiqués semblaient avoir pris du volume ; sa barbe déversait une cascade de reflets bleus et tombait encore plus bas qu'auparavant ;

sous leurs paupières lourdes ses yeux gris clair affirmaient davantage son extraordinaire volonté de domination.

Il me gratifia de la poignée de main amusée et du sourire encourageant que le maître d'école accorde aux plus jeunes de sa classe ; puis il s'entretint avec mes deux compagnons ; il nous aida à rassembler nos bouteilles d'oxygène et nous mena vers une grosse voiture ; le chauffeur était l'impassible Austin, l'homme peu loquace que j'avais vu officier en qualité de maître d'hôtel lors de ma première visite au Professeur. Nous nous engageâmes dans une côte qui gravissait une colline ; le paysage était magnifique. J'étais assis à côté du chauffeur. Derrière, mes trois camarades me donnaient l'impression qu'ils parlaient tous à la fois. Lord John était reparti dans son histoire de buffle pendant que les sourds grognements de Challenger et la voix aiguë de Summerlee entamaient un duo qui annonçait un débat scientifique aussi élevé que farouche. Soudain, Austin tourna vers moi son visage basané, mais ses yeux restaient fixés sur le volant.

« J'suis renvoyé !

— Mon Dieu ! »

Tout aujourd'hui était bizarre. Les gens ne disaient que des choses étranges, imprévues, comme dans un rêve.

« C'est la 47e fois, ajouta-t-il après réflexion.

— Quand partez-vous ?

— Partirai pas ! »

La conversation aurait pu s'arrêter là, mais Austin revint bientôt à la charge.

« Si j'partais, qui s'occuperait de lui ? insista-t-il en désignant son maître d'un geste de la tête. Qui est-ce qu'il dégoterait pour le servir ?

— Il trouverait quelqu'un d'autre, non ?

— Lui ? Personne ! Personne n'resterait plus d'une semaine. Si j'partais, la maison fonctionnerait comme une montre sans ressort. J'vous dis ça parce que vous êtes son ami : vous devez savoir. Si j'le prenais au mot... Mais j'aurais pas le cœur ! Lui et la patronne ils seraient comme deux bébés abandonnés. Je fais tout. Et pourtant v'là qu'il arrive et qu'il m'flanque à la porte !

— Pourquoi personne ne resterait ? demandai-je.

— Parce que personne ne le supporterait. Il est très intelligent, le patron ! Si intelligent que quelquefois il est complètement cinglé. Je vous l'jure : je l'ai vu cinglé ! Tenez, savez-vous ce qu'il a fait ce matin ?

— Qu'est-ce qu'il a fait ce matin ? »

Austin se pencha vers mon oreille :

« A mordu la femme de ménage.

— Mordu ?

— Oui, monsieur ! Mordu à la jambe. De mes propres yeux je l'ai vue qui piquait un cent mètres vers la porte du vestibule.

— Seigneur, quel homme !

— Vous aussi, vous le traiteriez de cinglé si vous pouviez le voir comme je le vois ! Il s'fait pas d'amis avec les voisins. Y'en a qui pensent que quand il était avec les monstres dont vous avez parlé, c'était pour lui le *« Home, sweet home ! »*, la société qui lui convenait, quoi ! Ça, c'est ce qu'on dit. Mais moi je suis à son service depuis dix ans, et y m'plaît. C'est un grand bonhomme en fin de compte, et il y a de l'honneur à le servir, monsieur ! Seulement il lui arrive d'être méchant. Maintenant regardez ça, monsieur. On ne peut pas dire que ça ressemble à l'hospitalité classique, hé ? Lisez vous-même ! »

Au ralenti, la voiture escaladait les derniers mètres d'une côte en épingle à cheveux. Dans un angle un écriteau se détachait au-dessus d'une haie bien taillée. Austin avait raison, il valait la peine d'être lu :

« Non, souligna Austin, ça n'est pas ce qu'on appelle chaleureux ! »

Il secoua la tête en passant devant cet écriteau déplorable, et ajouta :

« Ça ne ferait pas bien sur une carte de Noël... Je vous demande pardon, monsieur ; en de nombreuses années je n'ai pas parlé autant qu'aujourd'hui. Mais aujourd'hui... ben, ce n'est pas un jour comme les autres ! Il peut me donner mon congé, il peut me flanquer à la porte encore cinquante fois, mais moi je ne m'en irai pas. C'est mon homme à moi, c'est mon patron, et il le sera, je l'espère bien, jusqu'à la fin de mes jours. »

Nous avions franchi les poteaux blancs d'une entrée et nous nous étions engagés dans une allée bordée de rhododendrons. Au bout apparaissait une maison basse, en brique, avec une charpente apparente blanche, très attrayante et confortable. Mme Challenger, petite, mignonne, souriante, se tenait sur le seuil pour nous accueillir.

« Eh bien, ma chère, lança Challenger en s'extrayant de la voiture, voici nos visiteurs ! C'est une chose extraordinaire pour nous que d'avoir des hôtes, n'est-ce pas ? Avec nos voisins, nous vivons plutôt à couteaux tirés. S'ils pouvaient mettre de la mort-aux-rats dans le pain que nous apporte le boulanger, je crois qu'ils n'y manqueraient pas !

— C'est terrible ! Terrible ! s'exclama la dame entre le rire et les larmes. George se dispute toujours avec tout le monde. Dans le pays nous ne comptons pas un ami.

— Ce qui me permet de concentrer mon attention sur mon incomparable épouse, assura Challenger en passant un bras autour de sa taille (imaginez un gorille et une gazelle : vous aurez une idée à peu près exacte du couple). Allons, allons, ces gentlemen sont fatigués de leur voyage, et le déjeuner devrait être prêt. Est-ce que Sarah est revenue ? »

Mme Challenger répondit par un signe de tête négatif ; le Professeur éclata de rire et se frappa la barbe avec un évident contentement.

« Austin ! cria-t-il, quand vous aurez garé la voiture, vous voudrez bien aider votre maîtresse à préparer la table. Maintenant, messieurs, auriez-vous l'obligeance de m'accompagner à mon bureau ? J'ai en effet une ou deux choses extrêmement urgentes à vous communiquer. »

Chapitre 2

La marée de la Mort

Pendant que nous traversions le vestibule le téléphone sonna : nous fûmes donc les auditeurs involontaires du professeur Challenger répondant à un inconnu. Je dis « nous », mais en vérité, à cent mètres de là, n'importe qui aurait pu entendre le tonnerre de la voix monstrueuse qui faisait trembler la maison entière. Ses réponses se sont gravées dans ma mémoire.

« Oui, oui, bien sûr, c'est moi... Oui, certainement, le professeur Challenger, le célèbre Professeur en personne... Bien sûr ! Chaque mot. Sinon je n'aurais pas écrit... Cela ne m'étonnerait pas... Tout semble l'indiquer... D'ici un jour ou deux au plus... Eh bien, je ne puis rien empêcher ; comment le pourrais-je ?... Très désagréable, sans aucun doute, mais je pense que cela affectera des gens plus intéressants que vous. Ce n'est pas la peine de gémir... Non, cela m'est impossible : à vous de saisir votre chance... Assez, monsieur ! J'ai mieux à faire qu'écouter votre radotage ! »

Il raccrocha avec fracas et nous conduisit au premier étage dans une grande pièce bien aérée qui lui servait de bureau. Sept ou huit télégrammes non ouverts s'éparpillaient sur sa table en acajou.

« Je commence à croire, nous dit-il en les désignant, que j'épargnerais de l'argent à mes correspondants si j'adoptais une adresse télégraphique. Qu'est-ce que vous diriez de : " Noé, Rotherfield " ? »

Tout en se livrant à cette plaisanterie incompréhensible, il se gonflait d'un rire énorme ; appuyé sur son bureau, il était tellement secoué par son hilarité que ses mains pouvaient à peine saisir les dépêches. Il hoquetait :

« Noé ! Noé ! »

Il était aussi rouge qu'une betterave. Lord John et moi nous partagions sa gaieté avec sympathie. Tel un bouc dyspeptique, Summerlee branlait le chef pour marquer son désaccord fondamental. Quand Challenger fut enfin calmé, il commença d'ouvrir ses télégrammes tandis que nous admirions par une fenêtre le panorama magnifique qui s'étalait sous nos yeux.

Il était admirable, en effet ! A force de virages plus ou moins doux, la route nous avait menés jusqu'à une altitude appréciable, quelque deux cent cinquante mètres comme nous devions l'apprendre par la suite. La maison de Challenger était située juste sur la crête de la colline ; sur sa face sud, c'est-à-dire celle où s'ouvrait la fenêtre du bureau, la vue s'étendait jusqu'aux hautes plaines crayeuses et accidentées qui formaient l'horizon. Entre ces lointaines ondulations, un brouillard de fumée révélait la ville de Lewes. Immédiatement à nos pieds les bruyères commençaient ; plus loin, des taches vertes signalaient le golf de Crowborough, littéralement moucheté de joueurs. Plus au sud, la route de Londres à Brighton surgissait d'entre les bois. Attenante à la maison, une petite cour bien clôturée abritait la voiture qui nous avait transportés.

Une exclamation de Challenger nous fit nous retourner. Notre hôte avait lu ses dépêches et les avait empilées avec méthode sur son bureau. Son visage large aux traits irréguliers, ou du moins ce qu'on en voyait au-dessus du tapis de barbe, était encore tout rouge ; on le devinait sous le coup d'une forte émotion.

« Eh bien, messieurs, s'écria-t-il comme s'il intervenait dans une réunion publique et contradictoire, je suis heureux que nous soyons ici tous les quatre ! Je le suis d'autant plus que notre rencontre se produit dans des circonstances extraordinaires... je devrais dire : sans précédent. Puis-je vous demander si vous n'avez rien remarqué d'anormal en venant de Londres ?

— La seule chose que j'ai remarquée, déclara Summerlee avec un sourire aigre, c'est que notre jeune ami ne s'est pas amélioré depuis trois ans. Je dois dire que j'ai eu à me plaindre de sa conduite dans le train, et j'ajouterai qu'elle m'a fâcheusement impressionné. »

Lord John intervint :

« Allons, allons ! Il nous arrive à tous d'être bavards. Ce bébé n'a rien fait de mal. Après tout, c'est un international de rugby ; et s'il a besoin d'une demi-heure pour raconter un match, il en a le droit plus que quiconque !

— Une demi-heure pour raconter une partie de rugby ! m'exclamai-je avec indignation. Comment ! C'est vous qui pendant tout ce temps nous avez raconté je ne sais quelle histoire de buffle... Le professeur Summerlee peut témoigner que...

— Je ne sais pas lequel d'entre vous a été le plus assommant ! dit Summerlee. Je vous assure, Challenger, que je suis dégoûté jusqu'à la fin de mes jours des histoires de rugby ou de buffles.

— Je n'ai jamais parlé de rugby ! »

Lord John émit un sifflement aigu, et Summerlee hocha la tête avec une compassion désobligeante :

« Si tôt dans la journée ! soupira-t-il. C'est lamentable. Alors que j'étais assis, silencieux mais plein de pensées...

— Silencieux ! protesta Lord John. Comment ! Vous nous avez présenté un vrai numéro de music-hall : des imitations pendant tout le trajet... On aurait dit un gramophone plutôt qu'un savant ! »

Summerlee se leva :

« S'il vous plaît d'être facétieux, Lord John...

— Enfin quoi, sommes-nous tous fous ? s'écria

Lord John. Chacun semble se rappeler ce que les deux autres ont fait ; mais ni vous, ni lui, ni moi ne nous rappelons ce que nous avons fait nous-mêmes. Reprenons les choses depuis le début. Nous sommes montés dans un compartiment de première classe pour fumeurs ; est-ce vrai, oui ou non ? Puis nous nous sommes disputés à propos de la lettre de notre ami Challenger au *Times*...

— Tiens, tiens ! Vraiment ? grogna notre hôte en laissant retomber ses paupières.

— Vous avez dit, Summerlee, que les assertions de Challenger ne contenaient pas un atome de vérité.

— Sapristi ! ironisa Challenger en bombant le torse et en se frappant la barbe. Pas un atome de vérité ? Il me semble avoir déjà entendu cela quelque part. Puis-je demander au grand et célèbre professeur Summerlee quels arguments il opposait à l'humble individu qui s'était permis d'exprimer une perspective scientifique ? Peut-être consentira-t-il, avant d'exterminer cette malheureuse nullité, à lui dire sur quelle base il édifie une théorie contraire ? »

Il s'inclina, haussa les épaules, puis joignit les mains, tel un éléphant en prière.

« Une base assez solide, répliqua l'obstiné Summerlee. J'ai, en effet, prétendu que si l'éther qui ceinturait la terre était assez toxique pour provoquer quelque part des symptômes alarmants, il était peu vraisemblable que dans notre compartiment nous n'en eussions pas été affectés. »

L'explication de Summerlee n'eut qu'une conséquence : une explosion tonitruante. Challenger partit d'un éclat de rire qui ne cessa que lorsque tout dans la pièce se mit à trembler.

« Notre valeureux Summerlee se trouve, et ce n'est pas la première fois, un peu en marge du réel, déclara-t-il en épongeant son front moite.

« Maintenant, messieurs, je ne saurais mieux vous expliquer mon point de vue qu'en vous détaillant l'emploi de mon temps de ce matin. Vous pardonnerez plus facilement vos propres aberrations mentales quand vous apprendrez que moi... même moi ! j'ai un instant perdu mon équilibre.

« Depuis quelques années nous employons ici une femme de ménage, Sarah... je ne me suis jamais encombré la mémoire de son deuxième nom. C'est une femme au visage sévère, à l'air pincé, à la tenue impeccable, vouée par nature à l'impassibilité ; jamais je ne l'ai vue en proie à la moindre émotion. Je prenais seul mon petit déjeuner — Mme Challenger reste habituellement le matin dans sa chambre — quand une idée m'est venue : il serait amusant et instructif de voir jusqu'où cette femme pouvait demeurer imperturbable. Tentant une expérience aussi simple qu'efficace, j'ai renversé le petit vase de fleurs qui était sur la nappe, j'ai sonné, et je me suis glissé sous la table. Elle est entrée, et croyant la pièce vide, elle s'est imaginé que j'avais regagné mon bureau. Comme je m'y attendais, elle s'est approchée de la table et s'est penchée pour relever le vase. J'ai eu la vision d'un bas en coton et d'une bottine à tige

élastique. Qu'ai-je fait ? Avançant la tête, j'ai enfoncé mes dents dans son mollet.

« L'expérience a réussi au-delà de toute espérance. Pendant quelques secondes elle est restée pétrifiée, regardant fixement ma tête qui dépassait sous la nappe. Puis elle a poussé un grand cri, s'est libérée, et s'est échappée de la pièce. Je l'ai poursuivie pour lui donner un semblant d'explication : il me semblait qu'elle y avait droit. Mais elle filait comme le vent. Peu après, je l'ai repérée sur la route, avec mes jumelles : elle courait toujours ; elle a pris la direction du sud-ouest, et je ne l'ai plus revue. Je vous conte cette anecdote pour ce qu'elle vaut : la voilà semée dans vos cervelles ; j'attends qu'elle germe. Vous apporte-t-elle un peu de lumière ? Voyez-vous un rapport avec vos propres observations ? Lord John, qu'en pensez-vous ? »

Lord John secoua la tête avec gravité.

« Il vous arrivera un jour de sérieux ennuis, si vous ne vous surveillez pas !

— Peut-être avez-vous une remarque à présenter, Summerlee ?

— Vous devriez abandonner tout travail immédiatement, Challenger ! Et passer trois mois dans une ville d'eaux allemande.

— Voilà qui est profond, profond !... A vous, mon jeune ami ! La sagesse parlera-t-elle par votre bouche puisqu'elle a dédaigné de s'exprimer par celle de vos aînés ? »

Effectivement la sagesse parla par ma bouche. Je le dis en toute modestie, mais enfin je le dis. Bien sûr, vous qui savez ce qui est arrivé, vous trouverez que ma réponse allait de soi ! Mais réfléchissez qu'à ce moment, tout était neuf, et que l'explication n'était pas évidente. Avec toute la force de ma conviction, je prononçai la phrase qui s'imposait :

« Vous étiez empoisonné ! EMPOISONNÉ ! »

En la prononçant, je me rappelais d'ailleurs les incidents de la matinée : Lord John avec son buffle, Summerlee et ses manières insultantes, mes larmes hystériques ; et puis ces scènes bizarres à Londres : la rixe dans le parc, la conduite du chauffeur, la dispute à l'entrepôt d'oxygène... Tout s'expliquait admirablement par un mot :

« Empoisonné ! Il y a du poison dans l'air. Nous sommes tous empoisonnés.

— Voilà la vérité ! dit Challenger en se frottant les mains. Nous sommes tous empoisonnés. Notre planète est prise dans une ceinture d'éther empoisonnée ; elle s'y enfonce actuellement à la vitesse de plusieurs millions de kilomètres par minute. Notre jeune ami a défini d'un mot la cause de tous nos troubles : le poison. »

Nous nous regardâmes, muets et ahuris. Que dire en effet ?

« Une certaine maîtrise intellectuelle permet de déceler et contrôler de tels symptômes, reprit Challenger. Je ne peux évidemment pas m'attendre à la trouver parvenue chez vous au degré de maturité qu'elle a atteint chez moi : il est normal que la puissance de nos facultés produise des effets différents chez l'un ou chez l'autre. Mais sans aucun doute elle existe ; et même chez notre jeune ami. Après la petite fantaisie qui a tant affolé ma servante, je me suis assis et j'ai raisonné. J'ai convenu avec moi-même que jamais jusqu'ici je n'avais eu envie de mordre qui que ce fût dans ma maison. L'impulsion qui m'avait saisi était donc anormale. En un instant j'ai compris. Je me suis tâté le pouls : j'ai compté dix pulsations de plus que d'habitude, et mes réflexes étaient plus vifs, plus nombreux. J'ai fait appel à mon moi le plus sain et le plus évolué, le véritable pouvoir, serein et invincible derrière ce simple désordre moléculaire. Je l'ai sommé, dirai-je, de prévenir les tours stupides que le poison pourrait me jouer. J'ai constaté alors que j'étais réellement le maître. Je savais reconnaître un désordre de l'esprit et le contrôler. N'était-ce pas là un remarquable exemple de la victoire de l'esprit sur la matière ? Car il s'agissait bel et bien d'une victoire remportée sur cette forme particulière de matière liée si intimement à l'esprit. Je pourrais presque dire : « L'esprit était coupable, « mais la volonté l'a redressé. » Ainsi, quand ma femme est descendue j'ai eu envie de me cacher derrière la porte et de l'épouvanter par un hurlement sauvage ; mais j'ai maîtrisé cette envie, et j'ai accueilli Mme Challenger avec dignité et respect. De même j'ai été un peu plus tard obsédé par le furieux désir de couiner comme un jeune canard ; et de même je me suis dominé... Quand je suis allé commander la voiture, j'ai découvert Austin plié en deux au-dessus du moteur, absorbé dans diverses réparations ; eh bien, j'ai retenu ma main déjà levée, et je me suis interdit une expérience qui l'aurait sans doute envoyé sur les traces de la femme de charge ; simplement je lui ai touché l'épaule et je lui ai demandé de sortir la voiture pour aller vous chercher au train... Mais tenez, en ce moment précis, je suis tenté, terriblement tenté d'empoigner le professeur Summerlee par cette espèce de bouc idiot qui lui tient lieu de barbe et de lui secouer la tête, à la déraciner, d'avant en arrière, d'arrière en avant... Et pourtant, comme vous voyez, je suis parfaitement maître de moi. Permettez-moi de vous recommander de prendre modèle sur l'exemple que je vous donne.

— Je surveillerai ce buffle ! affirma Lord John.

— Et moi ce match de rugby !

— Il n'est pas impossible que vous ayez raison, Challenger ! murmura le professeur Summerlee très radouci. J'admets que ma tournure d'esprit me porte davantage à critiquer qu'à construire, et que je n'ai rien d'un badaud prêt à gober toute théorie nouvelle. Mais reconnaissons que celle-ci est particulièrement fantastique ! Toutefois, si je me reporte aux divers incidents de la matinée, et si je considère le comportement imbécile de mes deux compagnons, j'ai tendance à croire qu'un poison d'une nature excitante a pu causer ces multiples symptômes. »

Avec bonne humeur Challenger donna de petites tapes sur l'épaule de son collègue.

« Nous progressons, dit-il. Décidément nous progressons !

— Et s'il vous plaît, monsieur, interrogea humblement Summerlee, que pensez-vous de la situation ?

— Avec votre permission je voudrais dire quelques mots touchant au sujet lui-même... »

Il s'assit sur son bureau ; ses jambes courtes, arquées, se balançaient sous lui. Et il prononça paisiblement ces paroles terribles :

« Nous sommes en train d'assister à un événement épouvantable et formidable à la fois. Selon moi, c'est la fin du monde. »

La fin du monde ! Nos yeux se tournèrent vers la grande fenêtre... Cette beauté estivale de la campagne ! Ces pentes jonchées de bruyères ! Ces fermes riches, ces maisons cossues ! Et ces sportifs éparpillés sur le golf ! La fin du monde ?... Bien sûr nous avions tous entendu ces mots-là. Mais l'idée qu'ils pourraient avoir une signification immédiate, qu'ils ne se rapportaient plus à une date indéterminée, nous ouvrait des perspectives terrifiantes, bouleversantes... Nous étions pétrifiés, attendant que Challenger poursuivît. Sa présence, son aspect imposant lui conféraient une puissance quasi surnaturelle : pendant un moment, nous oubliâmes toutes ses extravagances pour ne plus voir en lui qu'un maître très au-delà de l'humanité ordinaire. Puis, tout de même, je réfléchis : je me souvins de ses gigantesques éclats de rire, et je me dis que le détachement de l'esprit avait des limites, que la crise n'était peut-être pas si grave, ni si proche.

« Imaginez une grappe de raisin, reprit Challenger. Cette grappe est recouverte de bacilles aussi minuscules que malfaisants. Le jardinier la fait passer dans un milieu désinfectant. Peut-être pour que son raisin soit plus propre, parce qu'il y voudrait d'autres bacilles moins dangereux. Il le plonge dans du poison : plus de bacilles ! Notre Grand Jardinier est en train de plonger le système solaire dans un bain désinfectant ; et le bacille humain, ce petit vibrion mortel qui se tortille sur la croûte terrestre, sera bientôt stérilisé. »

Le silence retomba, interrompu bientôt par la sonnerie du téléphone.

« Voici sans doute l'un de nos bacilles qui appelle au secours, dit Challenger avec un sourire sinistre. Les hommes commencent à comprendre que le cours de leur existence n'est pas la raison d'être de l'Univers. »

Il sortit de la pièce ; pendant son absence, qui dura une ou deux minutes, nous n'échangeâmes pas une phrase. La situation nous paraissait au-delà des mots et des commentaires.

« C'était le service de santé de Brighton, nous expliqua-t-il à son retour. Les symptômes, pour une raison ou une autre, se développent plus rapidement au niveau de la mer. Notre altitude de 250 mètres, ici, nous avantage. Les gens semblent avoir appris que je fais autorité en la matière : une conséquence de ma lettre au *Times* ! Tout à l'heure, quand nous sommes arrivés, c'était le maire d'une ville de province qui m'appelait ; vous m'avez entendu lui répondre : il me donnait l'impression de surestimer le prix de sa chère existence ; je l'ai aidé à réviser ses idées. »

Summerlee s'était levé, et il regardait par la

fenêtre. Il se retourna vers Challenger : ses fines mains osseuses tremblaient d'émotion.

« Challenger, l'affaire est trop sérieuse pour qu'on en discute futilement. Ne croyez pas que je cherche à vous irriter par des questions. Mais ne peut-il y avoir une erreur dans vos informations ou dans votre raisonnement ? Le soleil brille aussi clair que jamais dans le ciel bleu. Voilà les bruyères, les fleurs, les oiseaux, des gens qui s'amusent sur le terrain de golf, des cultivateurs qui font la moisson. Vous nous dites qu'eux et nous pouvons être à l'extrême bord de la destruction... que cette journée de soleil peut se muer en la nuit de ténèbres que l'humanité redoute depuis si longtemps. Mais sur quoi fondez-vous votre jugement ? sur des bandes anormales dans un spectre... sur des bruits qui nous viennent de Sumatra... sur de curieuses excitations personnelles que nous avons notées les uns et les autres. Or ce dernier symptôme n'est pas si violent que nous ne soyons incapables de le contrôler au prix d'un effort délibéré. Vous n'avez pas à faire de cérémonies avec nous, Challenger. Tous ensemble nous avons affronté la mort. Parlez ! Dites-nous exactement où nous en sommes et quelles sont, selon vous, nos perspectives d'avenir. »

C'était un franc et courageux discours : le discours auquel il fallait s'attendre de la part d'un homme dont le cœur solide n'avait pas été entamé par les acidités et les bizarreries du vieux zoologiste. Lord John se leva et lui serra la main.

« Tel est mon avis, à n'en pas changer un iota !

déclara-t-il. Allons, Challenger, c'est à vous de dresser le bilan ! Nous ne sommes pas des gens nerveux, vous vous en êtes aperçu. Mais quand, en visite de week-end, nous tombons pile sur le Jour du Jugement, nous avons bien droit à une miette d'explication. A quel danger avons-nous affaire ? Quelle est son importance ? Et comment l'affronter ? »

Il se tenait droit dans la lumière de la fenêtre, ses deux mains posées sur les épaules de Summerlee. Moi, j'étais anéanti au fond d'un fauteuil ; une cigarette éteinte pendait de mes lèvres ; je me sentais dans cet état de demi-hébétude où les impressions sont plus fortes. Peut-être s'agissait-il d'une phase nouvelle de l'empoisonnement : en tout cas mon excitation délirante était tombée pour faire place à un état d'esprit de langueur attentive. J'étais un spectateur. Rien de tout ceci ne semblait me concerner personnellement. Mais j'avais en face de moi trois hommes forts, et leur spectacle me fascinait. Challenger baissait les paupières, frappait sa barbe ; il allait parler. Je devinais qu'il pèserait soigneusement ses mots.

Il commença par demander :

« Quelles étaient les dernières nouvelles quand vous avez quitté Londres ? »

Je pris la parole :

« Vers dix heures j'étais à la *Gazette*. Un câble de Reuter venait d'arriver de Singapour ; il annonçait que l'épidémie était générale dans Sumatra, et que les phares n'avaient pas été allumés.

— Les événements depuis lors ont évolué assez

rapidement, déclara-t-il en prenant sa pile de télégrammes. Je suis en contact avec les autorités et la presse ; aussi les nouvelles me parviennent-elles de divers côtés. En fait, tout le monde insiste pour que je me rende à Londres ; mais je ne vois pas en quoi j'y serais utile. D'après les rapports l'effet du poison débute par une excitation mentale ; il y a eu une émeute ce matin à Paris ; on dit qu'elle a été très violente. Les mineurs gallois sont sur le point de déclencher une grève. Pour autant que nous puissions nous fier aux symptômes observés, cette phase d'excitation, qui varie grandement suivant les races et les individus, est suivie d'une certaine exaltation favorisant la clairvoyance... dont je crois avoir discerné quelques signes sur notre jeune ami ; mais après une période indéterminée, le poison provoque le coma et plonge la victime dans la mort. Ma toxicologie m'enseigne qu'il doit s'agir de quelque poison végétal qui agit sur le système nerveux.

— Des datura, suggéra Summerlee.

— Si vous voulez ! s'écria Challenger. Donner un nom à cet agent toxique, c'est faire preuve de précision scientifique. A vous, mon cher Summerlee, revient l'honneur... posthume, hélas ! mais tout de même unique, d'avoir baptisé le destructeur universel, le désinfectant du Grand Jardinier. Les symptômes du « daturon », donc, peuvent être valablement considérés comme ceux que je viens de dépeindre. Il me paraît certain que cette plaie se répandra sur le monde entier, et que toute vie cessera après son passage, puisque l'éther est un milieu universel. Jusqu'ici il a été capricieux dans les endroits qu'il a attaqués, mais la différence n'est qu'une affaire de quelques heures. Le daturon ressemble à une marée montante qui recouvre un banc de sable, puis un autre, qui s'infiltre ici et là sous forme de courants irréguliers jusqu'à ce qu'enfin il submerge tout. Il y a des lois qui jouent selon l'action et la répartition du daturon : elles seraient bien intéressantes à étudier si nous en avions le temps !

« D'après les premiers renseignements (il jeta un coup d'œil sur ses télégrammes), les races les moins évoluées ont été les premières à subir son influence. Il se passe des choses lamentables en Afrique, et les aborigènes d'Australie semblent déjà exterminés. Les races du Nord m'ont l'air d'avoir mieux résisté que celles du Sud. Voyez : ceci est daté de Marseille, ce matin à neuf heures quarante-cinq : *« Agitation délirante toute la nuit en Provence. Les viticulteurs s'insurgent à Nîmes. Soulèvement socialiste à Toulon. Une épidémie subite accompagnée de coma a attaqué ce matin la population. Peste foudroyante. Un grand nombre de morts dans les rues. Les affaires sont paralysées. Le chaos est général. »* Et une heure plus tard, de la même source : *« Sommes menacés d'une extermination complète. Cathédrales et églises pleines à craquer. Le nombre des morts dépasse celui des vivants. C'est inconcevable et horrible. La mort frappe sans douleur ; mais elle frappe vite et inexorablement. »* J'ai reçu un télégramme analogue de Paris mais le phénomène n'y est pas aussi fantasti-

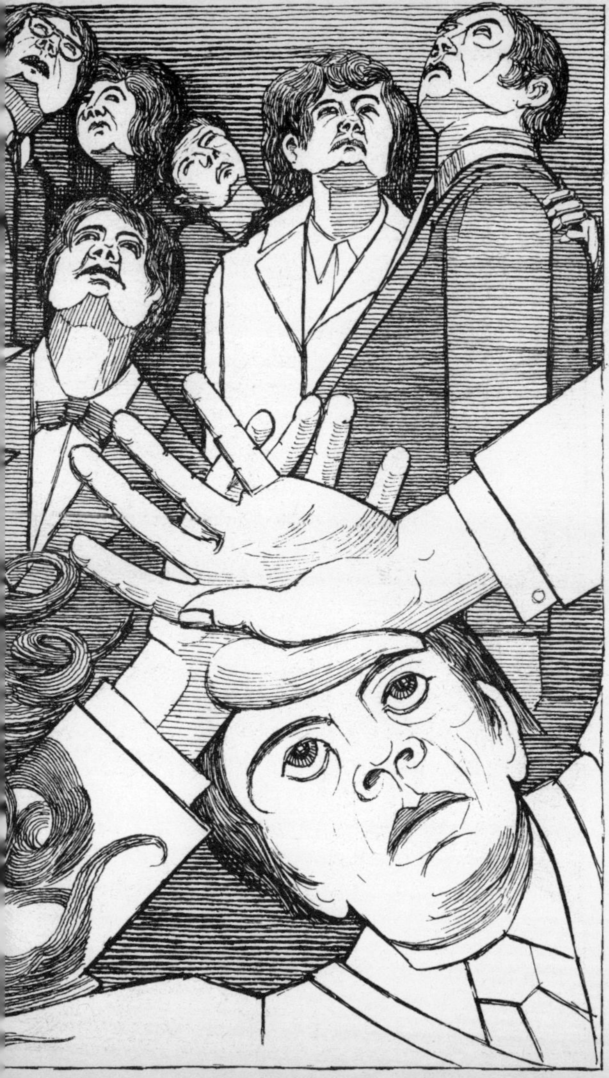

que. Les Indes et la Perse semblent supprimées de la carte. La population slavonne de l'Autriche est knock-out, mais les éléments germaniques ne sont qu'à peine affectés.

« D'une manière générale, les habitants des plaines et des rivages semblent, du moins selon les maigres informations dont je dispose, avoir subi les effets du poison plus tôt que les habitants des montagnes ou de l'intérieur des terres. Une simple élévation de terrain entraîne des différences considérables ; s'il subsiste un survivant de la race humaine, on le trouvera sans doute, encore une fois, sur le sommet de quelque Ararat ! Notre petite colline sera peut-être un îlot provisoire au milieu d'un océan de désastres. Mais étant donné l'allure moyenne de la progression, quelques heures suffiront à tout submerger. »

Lord John Roxton s'essuya le front.

« Ce qui me sidère, dit-il d'une voix sourde, c'est que vous puissiez demeurer assis et souriant devant ce tas de télégrammes. J'ai vu la mort de près comme tout le monde ; mais la mort universelle... c'est affreux !

— Pour ce qui est de sourire, répondit Challenger, n'oubliez pas que, tout comme vous, j'ai bénéficié des effets stimulants du poison. Mais quant à l'horreur que vous inspire une mort universelle, permettez-moi de vous dire qu'elle est excessive. Si vous preniez la mer seul à bord d'une barque pour une destination inconnue, votre cœur pourrait à bon droit avoir une défaillance : la solitude, l'incertitude, vous oppresseraient. Mais si vous voyagiez sur un bon bateau, avec vos parents et vos amis, vous auriez le sentiment, malgré votre destination incertaine, de vivre tous ensemble une expérience qui vous maintiendrait jusqu'au bout dans une même communion. Une mort isolée peut être terrible, mais une mort universelle, exempte de souffrances comme celle qui approche, n'est pas à mon avis un sujet d'effroi. En vérité, je comprendrais mieux qu'on s'épouvante de survivre à tous les savants, hommes célèbres, ou gloires du monde ! »

Contrairement à son habitude, Summerlee avait fait plusieurs signes d'assentiment.

« Que nous proposez-vous donc ? demanda-t-il à son frère dans la science.

— De déjeuner ! » répondit Challenger.

Un gong en effet répercutait ses échos dans toute la maison.

« Nous avons une cuisinière dont les omelettes n'ont d'égales que ses côtelettes. Espérons qu'aucun trouble cosmique n'est venu nuire à ses talents. De même j'ai un Scharzberger de 96 à qui doit être épargné, dans la mesure où nous réunirons nos efforts, l'affront d'une déplorable perdition. »

Il se leva du bureau sur lequel il venait de nous annoncer la fin de la planète.

« Allons ! nous dit-il. S'il nous reste encore un peu de temps, passons-le au moins dans une gaieté raisonnable et de bon aloi. »

Et, de fait, notre repas fut joyeux. Certes nous ne pouvions oublier tout à fait notre situation atroce. La proximité de la fin du monde continuait à assombrir l'arrière-plan de nos pensées. Mais pour avoir peur de la mort, il faut n'avoir jamais eu l'occasion de la regarder en face ! Or elle nous avait été familière, à chacun d'entre nous. Quant à la maîtresse de maison, elle s'appuyait avec confiance sur son mari, trop heureuse de mettre ses pas dans les siens pour se soucier de la direction qu'il prenait. L'avenir appartenait au Destin. Mais le présent était à nous, nous le vivions en parfaits camarades, avec bonne humeur. Je l'ai déjà dit, nous avions tous l'esprit extraordinairement lucide : il m'arrivait même de faire des étincelles. Challenger, lui, était merveilleux ! Jamais je n'avais mieux compris à quel point un homme pouvait être grand, hardi et puissant par la pensée. Summerlee lui donnait la réplique de son esprit incisif ; Lord John et moi, assistions en riant à leur joute. Mme Challenger avait posé une main sur le bras de son mari pour modérer les vociférations du philosophe. La vie, la mort, le destin, le sort de l'humanité, tels ont été les sujets discutés au cours de cette heure mémorable et d'autant plus vitale qu'au fur et à mesure que progressait le déjeuner, je ressentais dans ma tête de subites exaltations et des picotements dans mes membres : l'invisible marée de la Mort montait doucement, lentement, autour de nous. Je remarquai qu'une fois Lord John porta brusquement la main à ses yeux, et qu'en une autre occasion Summerlee s'affaissa légèrement sur sa chaise. L'air que nous respirions était chargé de forces mystérieuses. Et pourtant nous avions l'esprit joyeux et alerte. Bientôt Austin apporta des

cigares et des cigarettes ; au moment où il allait se retirer, son maître le rappela :

« Austin !

— Oui, monsieur ?

— Je vous remercie pour vos bons et loyaux services. »

Un sourire passa sur le visage du domestique.

« Je n'ai fait que mon devoir, monsieur.

— J'attends pour aujourd'hui la fin du monde, Austin.

— Bien, monsieur. A quelle heure, monsieur ?

— Je ne sais pas, Austin. Avant ce soir.

— Très bien, monsieur. »

Le taciturne Austin salua et se retira. Challenger alluma une cigarette et, approchant sa chaise de celle de sa femme, lui prit gentiment les mains.

« Tu sais comment les choses se présentent, ma chérie. Je les ai expliquées aussi à nos amis. Tu n'as pas peur, n'est-ce pas ?

— Ce ne sera pas douloureux, George ?

— Pas davantage qu'un gaz anesthésique chez le dentiste. Chaque fois que tu en as absorbé, tu as été pratiquement morte.

— Mais c'est une sensation agréable !

— La mort aussi peut être agréable ! La machine du corps, usée jusqu'à la corde, ne peut pas enregistrer cette impression, mais nous connaissons le plaisir mental du rêve ou de l'extase. La nature a peut-être aménagé une porte splendide, cachée derrière un rideau léger et frissonnant, pour nous permettre d'entrer dans la nouvelle vie avec des âmes émerveillées. Au fin fond de toutes mes expériences, j'ai constamment trouvé de la sagesse et de la douceur. Si le mortel effrayé a besoin de tendresse, c'est sûrement qu'il s'imagine un passage dangereux d'une vie à l'autre. Non, Summerlee, votre matérialisme n'est pas pour moi : moi au moins je suis trop évolué pour finir ma vie sous la forme de simples constituants physiques : un paquet de sels et trois seaux d'eau. Ici, ici... »

Il frappa sa grosse tête avec son poing énorme et velu.

« ... Ici il y a quelque chose qui se sert de la matière, mais qui n'en est pas. Quelque chose qui pourrait détruire la Mort, mais que la Mort ne peut pas détruire.

— Puisque nous parlons de la mort, interrompit Lord John, moi je suis chrétien jusqu'à un certain point. Mais il me semble qu'une coutume de nos ancêtres était profondément naturelle : ils se faisaient enterrer avec leurs haches, leurs arcs, leurs flèches, etc., comme s'ils allaient vivre une nouvelle vie, identique à celle qu'ils avaient vécue... »

Il regarda autour de lui avec une certaine gêne avant d'ajouter :

« ... Je me demande si je ne me sentirais pas plus à mon aise avec la certitude d'être accompagné au tombeau par mon vieux 450 Express et tout ce qui s'ensuit : un fusil de la taille au-dessous avec la monture en caoutchouc, et une cartouchière pleine... Bien sûr, une fantaisie de maboul ! Mais quand même... Et vous, professeur Summerlee ?

— Ma foi, répondit Summerlee, puisque vous

me demandez mon avis, votre idée me paraît un retour indéfendable à l'âge de pierre, ou même avant. Je suis du XXe siècle, moi, et je souhaiterais mourir comme un civilisé raisonnable. Je ne sais pas si j'ai plus peur de la mort que vous autres ; quoi qu'il advienne, je suis vieux et je n'ai plus longtemps à vivre. Pourtant toute ma nature se refuse à attendre la mort comme un mouton chez le boucher. Est-il certain, Challenger, que nous soyons impuissants ?

— A nous sauver, oui ! répondit Challenger. Par contre prolonger nos existences pendant quelques heures, et voir par conséquent l'évolution de cette tragédie avant qu'elle ne nous accable est peut-être en mon pouvoir. J'ai pris certaines précautions...

— L'oxygène ?

— Oui. L'oxygène.

— Mais quel peut être l'effet de l'oxygène sur un empoisonnement de l'éther ? Un mur de brique et un gaz ne sont pas plus différents que l'oxygène et l'éther. Ce sont des matières qui n'ont rien de commun. Elles ne peuvent pas s'opposer l'une à l'autre. Allons, Challenger, vous ne défendriez pas sérieusement une pareille proposition !

— Mon bon Summerlee, ce poison de l'éther est presque certainement influencé par des agents matériels. Nous le voyons dans le processus et la répartition de l'épidémie. A priori nous n'y aurions pas pensé, mais le fait est là, indubitable. D'où ma conviction qu'un gaz tel que l'oxygène, qui augmente la virilité et la résistance du corps humain, pourrait retarder l'action de ce que vous avez appelé le daturon. Il se peut que je me trompe, mais je crois à la justesse de mon raisonnement.

— En tout cas, déclara Lord John, si nous devons rester assis à téter ces bouteilles comme des bébés leurs biberons, je préfère renoncer.

— Pas besoin de biberons ! répondit Challenger. Nous avons pris des dispositions ; c'est à ma femme que vous les devez. Son boudoir sera aussi étanche que possible. Grâce à des matelas et du papier verni.

— Voyons, Challenger, vous n'allez pas affirmer que vous pouvez nous isoler de l'éther avec du papier verni ?

— Réellement mon ami, vous avez le don de taper à côté ! Ce n'est pas pour nous tenir à l'écart de l'éther que nous nous sommes donnés tant de mal. C'est pour conserver l'oxygène. Je pense que si nous parvenons à assurer une atmosphère hyper-oxygénée jusqu'à un certain point, nous pourrons conserver notre connaissance. J'avais deux bouteilles ; vous m'en avez apporté trois autres. Ce n'est pas beaucoup, mais enfin c'est quelque chose.

— Combien de temps dureront-elles ?

— Je n'en ai aucune idée. Nous ne les dévisserons pas avant que nos symptômes deviennent insupportables. Alors nous distribuerons parcimonieusement le gaz dans la pièce, selon nos besoins. Nous en aurons peut-être juste assez pour quelques heures, ou peut-être pour plusieurs jours ; de toute façon nous observerons la destruction du monde. Voilà tout ce que nous pouvons faire pour retarder notre destin ; au moins vivrons-nous tous les cinq une singulière aventure, puisque nous serons l'arrière-garde de notre race dans sa marche vers l'Inconnu. Auriez-vous l'obligeance de m'aider à préparer les bouteilles ? J'ai l'impression que déjà l'atmosphère se fait oppressante. »

Chapitre 3

En plongée

La pièce où nous allions vivre notre aventure était un salon délicieusement féminin, qui avait environ quatre mètres cinquante de côté. A une extrémité, séparé par un rideau de velours rouge, le cabinet de toilette du Professeur ouvrait sur une grande chambre à coucher. Le rideau était tiré, mais le boudoir et le cabinet de toilette pouvaient ne faire qu'une pièce pour les besoins de notre expérience. Une porte et le châssis d'une fenêtre avaient été garnis de papier verni soigneusement collé de façon à en assurer l'étanchéité. Au-dessus de l'autre porte qui donnait sur le palier, un vasistas était muni d'une corde qui permettrait de l'abaisser quand la ventilation deviendrait indispensable. Une grande plante verte en pot garnissait chacun des angles.

« Comment nous débarrasser de notre anhydride

carbonique en excédent sans gaspiller inutilement l'oxygène ? Voilà un problème délicat autant qu'essentiel ! déclara Challenger en considérant les cinq bouteilles d'oxygène alignées le long du mur. Avec d'autres délais pour nos préparatifs, j'aurais pu concentrer toute mon intelligence pour découvrir une solution plus satisfaisante, mais étant donné les circonstances nous ferons comme nous pourrons. Les plantes vertes nous rendront un petit service. Deux des bouteilles d'oxygène sont prêtes à être dévissées sur-le-champ, si bien que nous ne serons pas surpris. D'autre part, mieux vaudrait ne pas s'éloigner du salon, car la crise peut être brutale. »

Une grande fenêtre basse ouvrait sur un balcon. La vue était la même que celle que nous avions admirée du bureau. En regardant dehors, je n'aperçus aucun signe de désordre. Sous mes yeux la route de la gare grimpait en contournant la colline. Un fiacre antique, l'un de ces survivants préhistoriques qu'on trouve encore dans nos campagnes, gravissait la côte avec une sage lenteur. Ailleurs une gouvernante poussait une voiture d'enfant et de l'autre main tenait une petite fille. Des villas d'alentour s'échappaient de paisibles fumées bleues qui répandaient sur tout le paysage une atmosphère d'ordre et de confort. Dans le ciel ou sur la terre ensoleillée, aucun signe précurseur de catastrophe. Les moissonneurs étaient aux champs, les joueurs de golf accomplissaient sans hâte leur parcours. Mais ma tête résonnait d'une telle turbulence, et mes nerfs surtendus m'agaçaient si fort que l'indifférence de tous ces gens me scandalisait.

« En voilà qui n'ont pas l'air de ressentir les effets du mal ! dis-je à Lord John.

— Avez-vous déjà joué au golf ?

— Non.

— Eh bien, bébé, quand vous aurez joué au golf, vous apprendrez qu'une fois sur un parcours le véritable golfeur ne renoncerait pour rien au monde à ses dix-huit trous... Ah ! encore le téléphone ! »

Périodiquement, pendant et après le déjeuner, la sonnerie insistante avait appelé le Professeur. Il nous donnait les nouvelles telles qu'elles lui parvenaient, sous forme de phrases brèves. Des détails aussi terrifiants n'avaient jamais été enregistrés auparavant dans l'histoire de la terre. La grande ombre rampait du sud au nord comme une marée montante de la Mort. L'Égypte avait traversé sa phase de délire et était actuellement comateuse. L'Espagne et le Portugal, après une frénésie au cours de laquelle les cléricaux et les anarchistes s'étaient battus à mort, avaient sombré dans le silence. De l'Amérique méridionale plus de nouvelles. En Amérique du Nord de sanglantes querelles entre Noirs et Blancs avaient déchiré les États du Sud avant que ceux-ci ne succombent au poison. Au nord du Maryland l'effet n'était pas encore considérable ; au Canada il était à peine perceptible. La Belgique, la Hollande et le Danemark avaient été à leur tour contaminés.

Des messages de désespoir s'envolaient de partout vers les grands centres scientifiques, vers les chimistes, vers les médecins de réputation mondiale. Les astronomes aussi étaient submergés par les demandes de renseignements. Mais il n'y avait rien à faire. Le phénomène était universel, et au-delà de toute connaissance, de toute puissance humaine. C'était la mort : sans douleur mais inévitable. La mort pour les jeunes et pour les vieux, pour les faibles et pour les forts, pour les riches comme pour les pauvres. La mort inexorable...

Telles étaient les informations que, par messages hachés, bouleversants, le téléphone nous apportait. Les grandes villes connaissaient déjà la destinée qui les guettait et nous les devinions qui s'y préparaient avec autant de dignité que de résignation. Ici pourtant, nos golfeurs et nos paysans ressemblaient à des agneaux gambadant à l'ombre du couteau qui va les égorger. C'était stupéfiant. Mais comment auraient-ils pu savoir ?... La catastrophe avait envahi la Terre à pas de géant. Rien dans leur journal du matin n'aurait pu les alerter. Après tout, il n'était que trois heures de l'après-midi.

Un bruit avait dû cependant se propager, car nous vîmes bientôt des moissonneurs quitter leurs champs, puis des golfeurs abandonner leur partie et rentrer au club-house : ils couraient comme pour se mettre à l'abri d'une averse et les petits caddies traînaient la jambe derrière eux ; mais d'autres poursuivaient leur parcours. La gouvernante avait fait demi-tour et poussait la voiture d'enfant en se hâtant ; je remarquai qu'elle portait la main à son front. Le fiacre s'était arrêté ; le cheval, fatigué, se reposait ; il avait abrité sa tête entre ses pattes de

devant. Et sur tout cela, un magnifique ciel d'été, parfaitement pur, à l'exception de quelques nuages cotonneux vers l'horizon. Si la race humaine devait vraiment mourir aujourd'hui, son lit de mort serait au moins d'une splendeur adorable. Mais toute cette douceur de la nature rendait l'imminent anéantissement plus affreux encore, plus pitoyable. La Terre était une résidence trop aimable, trop belle ; non ! nous n'allions pas en être arrachés !...

J'ai dit que le téléphone avait sonné une fois de plus. Brusquement la voix de Challenger rugit du vestibule :

« Malone ! On vous demande ! »

Je me précipitai vers l'appareil. C'était McArdle qui m'appelait de Londres.

« Est-ce vous, monsieur Malone ? questionna la voix familière... Monsieur Malone, il se produit à Londres de terribles phénomènes. Au nom du Ciel, demandez au professeur Challenger s'il ne peut rien nous suggérer pour nous tirer d'affaire.

— Il ne peut rien suggérer, monsieur ! répondis-je. Il considère cette crise comme universelle et inévitable. Nous avons ici un peu d'oxygène, mais notre destin n'en sera retardé que de quelques heures.

— De l'oxygène ! s'écria la voix angoissée. Nous n'avons pas le temps de nous en procurer. Depuis votre départ ce matin le journal a été un enfer. La moitié de la rédaction est déjà sans connaissance. Moi-même je me sens accablé. De ma fenêtre je vois des gens qui gisent en tas dans Fleet Street. Toute la circulation est interrompue. A en juger par un dernier télégramme, le monde entier... »

Sa voix s'était peu à peu étouffée ; subitement elle se cassa. Au bout du fil j'entendis vaguement le bruit mat d'une chute, comme si sa tête s'était affalée sur son bureau.

« Monsieur McArdle ! criai-je. Monsieur McArdle !... »

Je n'obtins pas de réponse, et je compris que je n'entendrais plus jamais sa voix.

A cet instant précis, juste au moment où je faisais un pas pour m'éloigner du téléphone, la chose arriva. Nous étions comme des nageurs, dans l'eau jusqu'aux épaules, et soudain submergés par une vague houleuse. Une main invisible semblait s'être posée tranquillement tout autour de ma gorge ; elle tentait avec douceur d'en extirper ma vie. Une oppression considérable pesait sur ma poitrine ; mes tempes battaient, mes oreilles bourdonnaient, et des éclairs passaient devant mes yeux. Je me cramponnai à la rampe de l'escalier. Au même moment, fonçant et grondant comme un buffle blessé, Challenger accourut : c'était une vision terrible ! Il avait la figure rouge comme un homard, les yeux injectés de sang, les cheveux hérissés. Juchée sur son épaule, sa petite femme semblait avoir perdu connaissance. Et lui, dans un effort de tout son être, gravissait l'escalier, chancelait sur les marches, trébuchait, mais se frayait un passage à travers l'atmosphère empoisonnée pour parvenir au paradis de la sécurité provisoire. Alors, électrisé par son courage et sa volonté, je me lançai moi aussi à l'assaut des marches en m'agrippant à la rampe, et j'arrivai jusqu'au palier où je m'effondrai à demi évanoui. Les doigts d'acier de Lord John m'empoignèrent par le col de ma veste ; un moment plus tard j'étais étendu, incapable de dire un mot, sur le tapis du boudoir. Mme Challenger gisait à côté de moi, et Summerlee, recroquevillé sur une chaise près de la fenêtre, avait la tête tout près des genoux. Comme dans un rêve je vis Challenger ramper tel un énorme scarabée vers la bouteille d'oxygène, puis j'entendis le léger sifflement du gaz qui s'échappait. Challenger aspira deux ou trois fois de toute la force de ses poumons, et il s'écria :

« Ça marche ! Mon raisonnement était juste... »

De nouveau il était debout, avec sa vigueur et son agilité retrouvées. Une bouteille à la main, il courut vers sa femme. Au bout de quelques secondes elle gémit, s'agita et se mit sur son séant. Alors il se tourna vers moi, et je sentis la chaleur du courant vital s'insinuer dans mes artères. Ma raison me rappelait qu'il ne s'agissait que d'un court répit ; et cependant, chaque heure d'existence paraissait inestimable. Jamais je n'éprouvai plus de joie que lorsque le souffle me revint et que je pus respirer. Le poids sur mes poumons s'allégeait, l'étau se desserrait autour de ma tête, j'étais envahi par un délicat plaisir de paix et de douceur mêlées : quelque chose comme du bien-être, avec un rien de langueur encore. Je regardai Summerlee revivre sous l'effet du même remède, puis ce fut bientôt le tour de Lord John : il sauta sur ses pieds et me tendit la main pour que je me mette debout, tandis que Challenger relevait sa femme et la couchait sur le canapé.

« Oh ! George ! murmura-t-elle en lui tenant la main. Je regrette que tu m'aies ramenée. Tu avais bien raison de dire que la porte de la Mort est drapée de rideaux aux couleurs chatoyantes ! Dès que l'impression d'étouffement a disparu, tout était indiciblement beau et apaisant. Pourquoi m'as-tu tirée de là ?

— Parce que je veux que nous franchissions ensemble ce passage. Il y a tant d'années que nous vivons côte à côte ! Pouvions-nous être séparés pour le moment suprême ? »

Dans sa voix tendre, je surpris un nouveau Challenger qui ne ressemblait en rien à l'homme arrogant, extravagant, insupportable qui avait tour à tour étonné et scandalisé sa génération. Là, à l'ombre de la Mort, surgissait le moi le plus profond de Challenger : il apparaissait comme un homme qui avait conquis et conservé l'amour d'une femme. Et puis subitement il reprit l'humeur qui convenait à notre grand capitaine.

« Seul de toute l'humanité, j'ai vu et prédit cette catastrophe ! lança-t-il d'une voix où perçait la joie du triomphe scientifique. Vous, mon bon Summerlee, je pense que vos derniers doutes sur la signification du brouillage des bandes spectrales sont à présent levés. Affirmerez-vous encore que ma lettre au *Times* était basée sur une erreur ? »

Pour une fois notre combatif camarade ne releva pas le défi. Il aspirait de l'oxygène tout en étirant ses membres pour s'assurer qu'il était toujours en vie sur cette planète. Satisfait de le voir réduit au silence, Challenger se dirigea vers la bouteille d'oxygène, et l'intensité du sifflement se réduisit peu à peu jusqu'à n'être plus qu'un doux chuchotement.

« Économisons notre réserve de gaz. L'atmosphère de la pièce est à présent nettement hyperoxygénée, et je constate qu'aucun d'entre nous ne présente de symptômes alarmants. C'est seulement par l'expérience que nous déterminerons la quantité exacte d'oxygène qui nous est nécessaire pour neutraliser le poison. Procédons à quelques essais. »

Pendant cinq bonnes minutes nous demeurâmes assis, silencieux, les nerfs tendus. Au moment où je commençais à me demander si la barre autour de mes tempes ne se resserrait pas, Mme Challenger s'écria qu'elle allait s'évanouir. Son mari, en nous donnant plus de gaz, lui dit :

« Dans les temps pré-scientifiques, chaque sous-marin emportait une souris blanche dont l'organisme délicat détectait les signes d'une atmosphère viciée avant que celle-ci pût être perçue par les marins. Toi, ma chère, tu seras notre souris blanche. J'ai accru le débit de gaz ; tu te sens mieux, n'est-ce pas ?

— Oui, je me sens mieux.

— Peut-être avons-nous découvert la formule exacte. Quand nous saurons avec précision la quantité qui nous est nécessaire, nous pourrons calculer combien de temps il nous reste à vivre. Malheureusement, en nous ressuscitant, nous avons

déjà consommé une proportion appréciable de notre première bouteille.

— Qu'importe ? demanda Lord John qui se tenait près de la fenêtre, debout et les mains dans les poches. Si nous devons mourir, à quoi bon durer ? Vous ne supposez pas, n'est-ce pas, que nous ayons une chance de nous en tirer ? »

Challenger sourit et secoua la tête.

« Bon. Mais dans ce cas ne croyez-vous pas qu'il y aurait de la dignité à faire nous-mêmes le saut, plutôt qu'à attendre d'y être obligés ? Puisqu'il n'y a rien à espérer, moi je propose que nous disions nos prières, que nous fermions le gaz, et que nous ouvrions la fenêtre.

— Pourquoi pas ? dit bravement la maîtresse de maison. Lord John a certainement raison, George ! Ce serait mieux de faire comme il dit. »

La voix plaintive de Summerlee se fit entendre :

« Je m'y oppose ! Quand nous devrons mourir, alors nous mourrons ! Mais anticiper délibérément sur l'heure de notre mort me paraît une folie.

— Qu'en pense notre jeune ami ? me demanda Challenger.

— Je pense que nous devrions voir cela jusqu'au bout.

— Et moi, je partage tout à fait cette opinion.

— Alors, George, si tu es de cet avis, c'est aussi le mien ! s'écria notre hôtesse.

— Bon, bon ! ce n'était qu'une suggestion, déclara Lord John. Si tous vous tenez à voir les choses jusqu'au bout, je serai avec vous. C'est une expérience fichtrement passionnante, là-dessus pas de doute ! J'ai eu ma petite part d'aventures dans la vie, et, comme tout le monde, je n'ai pas manqué de sensations... Mais je termine sur la plus inouïe !

— Qui vous garantit la continuité de la vie, dit Challenger.

— Voilà une hypothèse un peu grosse ! »

C'était Summerlee qui avait protesté. Challenger le considéra d'abord avec une silencieuse réprobation, puis il répéta sur le mode didactique :

« Qui vous garantit la continuité de la vie !... Personne ne peut affirmer quelles possibilités d'observation l'on peut avoir de ce que nous appellerons le plan de l'esprit sur le plan de la matière. Même pour l'esprit le plus grossier (ici il lança un coup d'œil à Summerlee) il est évident que c'est seulement en tant qu'objets de matière que nous pouvons le mieux observer des phénomènes de matière et porter sur eux un jugement. Donc c'est seulement en demeurant en vie pendant ces quelques heures supplémentaires que nous pouvons espérer emporter avec nous dans une existence future une conception claire de l'événement le plus formidable que le monde, ou l'univers, ait jamais affronté. Je trouverais déplorable que nous retranchions même une minute à une expérience si merveilleuse.

— Tout à fait d'accord ! opina Summerlee.

— Adopté à l'unanimité ! lança Lord John. Hélas ! votre pauvre diable de chauffeur, en bas, dans la cour, a fait son dernier voyage ! Il n'y aurait pas moyen de tenter une sortie et de le ramener ici ?

— Folie ! Folie absurde ! »

Devant le cri de Summerlee, Lord John n'insista pas.

« Évidemment, c'en serait une ! murmura-t-il. Elle ne le ramènerait pas à la vie, et le gaz se

répandrait par toute la maison, en admettant que nous puissions revenir ici... Mon Dieu, regardez les petits oiseaux sous les arbres ! »

Nous avions approché nos chaises de la fenêtre longue et basse, mais Mme Challenger resta les yeux mi-clos sur le canapé. Je me rappelle l'idée monstrueuse et grotesque qui me traversa l'esprit : nous étions installés au premier rang dans quatre fauteuils d'orchestre pour assister au dernier acte de la tragédie du monde. Sans doute cette illusion était-elle entretenue par l'air lourd et raréfié que nous respirions.

Au premier plan, juste sous nos yeux, il y avait la petite cour avec la voiture à moitié nettoyée.

Austin, le chauffeur, avait enfin reçu son dernier congé : il gisait sur le dos à côté des roues, avec sur le front une grosse bosse noire : sans doute en tombant s'était-il cogné la tête sur l'aile ou sur le marchepied. Il tenait encore à la main la lance du tuyau avec lequel il avait lavé l'auto. Deux platanes s'élevaient dans un angle de la cour : le sol en dessous était parsemé de minuscules balles de plumes, leurs petites pattes pointant vers le ciel. La Mort avait fauché indistinctement les faibles et les forts.

De l'autre côté du mur de la cour, la route que nous avions prise pour venir de la gare était jonchée des corps des moissonneurs que nous avions vus courir : ils étaient étendus pêle-mêle, les uns sur les autres, vers le bas de la côte. Un peu plus haut, la gouvernante avait été frappée, sa tête et ses épaules appuyées contre le talus herbeux ; elle avait auparavant retiré le bébé de la voiture d'enfant, et c'était un paquet de châles qu'elle portait toujours dans ses bras. Derrière elle, la petite fille n'était plus qu'un tas inerte. Plus près de nous, le cheval du fiacre s'était agenouillé pour mourir entre ses brancards ; le vieux cocher était suspendu la tête en bas au-dessus du garde-boue, comme un hideux épouvantail à moineaux ; à l'intérieur, sur le siège, un homme jeune était assis ; nous le voyions distinctement à travers la vitre, sa main posée sur la poignée de la portière entrouverte ; dans un suprême effort il avait voulu sauter. Et puis il y avait le golf : comme le matin, il était rempli de silhouettes qui se détachaient bien sur le

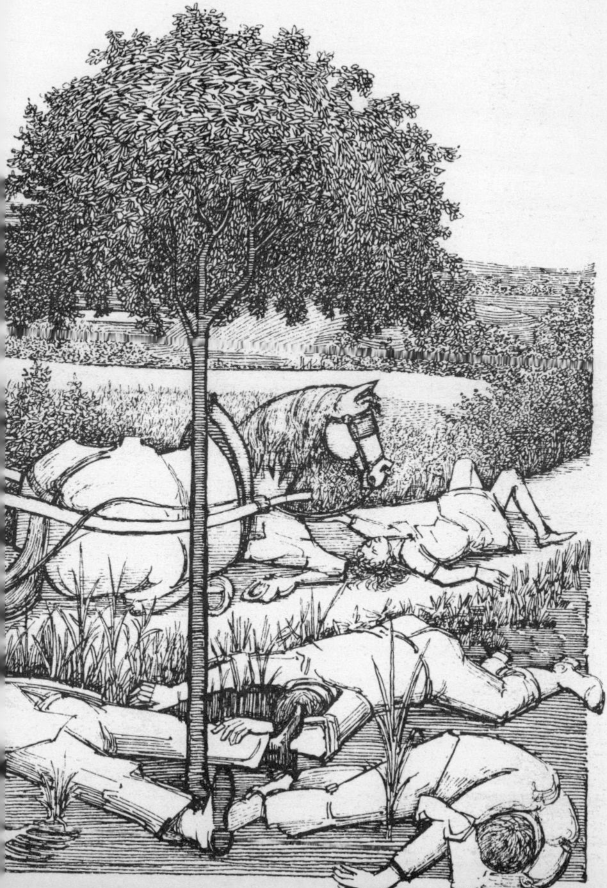

gazon vert, mais elles étaient allongées sur le parcours ou sur les bruyères qui le bordaient. Sur un green, on comptait huit corps : un match à quatre s'était prolongé jusqu'au bout, et les caddies n'avaient pas flanché. Sous la voûte bleue du ciel, aucun oiseau ne volait ; à travers la vaste campagne qui s'étendait à perte de vue, on ne discernait plus trace de vie humaine ni animale. Le soleil du soir irradiait sa chaleur paisible sur un paysage enseveli dans le calme et le silence de la mort... d'une mort qui allait très bientôt nous envelopper, nous aussi, dans son suaire.

Pour l'instant, la frêle épaisseur d'un carreau, grâce à l'oxygène supplémentaire qui contrariait l'effet du poison, nous retranchait de la fatalité universelle. Pour quelques heures, la science et la prévoyance d'un homme préservaient notre petite oasis de vie dans cet immense désert de la mort, nous évitaient de participer à la catastrophe générale. Puis le gaz s'épuiserait, et nous aussi nous tomberions sur le dos, haletants sur le joli tapis du salon : alors serait accompli le destin de la race humaine et de toute vie sur cette terre. Pendant de longues minutes, trop graves pour parler, nous contemplâmes le drame du monde.

« Voilà une maison qui brûle ! nous dit Challenger en montrant une colonne de fumée qui s'élevait au-dessus des arbres. Il faut s'attendre à ce qu'il y en ait beaucoup : peut-être même des villes entières, car bien des gens ont dû tomber avec une lampe à la main. Le fait de la combustion en lui-même montre que la proportion de l'oxygène dans l'atmosphère est normal, et que c'est l'éther qui est coupable. Ah ! voici une autre lueur en haut de Crowborough Hill ! C'est le club-house du golf, ou je me trompe fort. Entendez-vous le carillon de

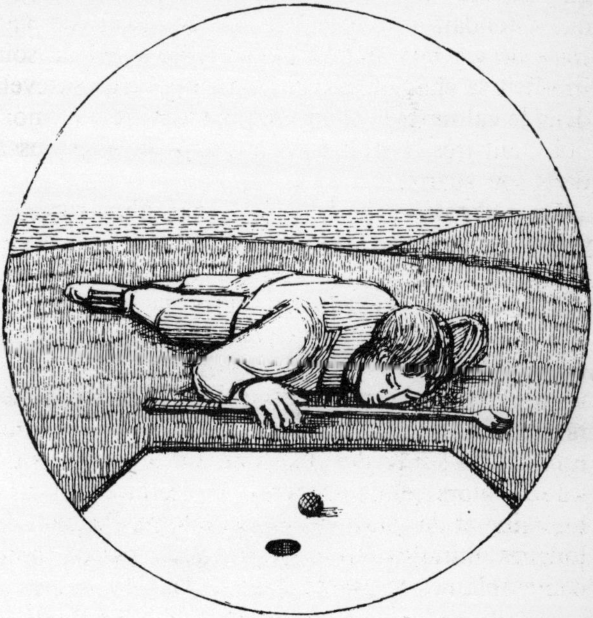

l'église qui égrène les heures ? Les philosophes tireraient beaucoup de théories du fait que les mécanismes fabriqués par l'homme survivent à la race qui les a créés.

— Seigneur ! s'exclama Lord John en sautant de

sa chaise. Qu'est-ce que ce panache de fumée ? Un train ! »

Nous l'entendions gronder au loin ; et bientôt nous le vîmes ; il filait à une vitesse qui me sembla prodigieuse. D'où venait-il ? Combien de kilomètres avait-il ainsi parcourus ? Il n'avait pu rouler sans encombre que grâce à une chance miraculeuse... Hélas ! nous assistâmes à la fin de sa course : elle fut épouvantable. Un train de charbon était arrêté devant lui. Nous retînmes notre souffle en voyant le convoi foncer sur la même voie. La collision fut horrible ! La locomotive et les wagons se fracassèrent et l'on ne vit plus qu'un amas de ferrailles tordues et de bois déchiqueté. Des flammes rouges jaillirent ; l'incendie se propagea sur tout le long du train. Pendant une demi-heure nous demeurâmes stupides, pétrifiés par ce spectacle épouvantable.

« Les pauvres ! Oh ! les pauvres gens ! s'écria enfin Mme Challenger pendue au bras de son mari.

— Ma chérie, les voyageurs de ce train ne vivaient pas davantage que le charbon contre lequel ils se sont écrasés, ou que le carbone qu'ils sont devenus à présent, répondit Challenger en lui pressant affectueusement la main. C'était un train de vivants quand il a quitté Victoria, mais il n'était plus qu'un convoi de cadavres quand la collision s'est produite.

— Et partout dans le monde la même aventure se répète !... »

J'avais parlé presque sans m'en rendre compte :

une extraordinaire lucidité me rendait présents toutes sortes de drames.

« Pensez aux navires en mer. Pensez qu'ils sont toujours sous pression, qu'ils fendront l'eau jusqu'à ce que leurs chaudières s'éteignent, ou jusqu'à ce qu'ils se jettent à toute vitesse sur quelque rivage. Les voiliers aussi... Ils nageront à rebours, ils porteront leurs voiles avec une cargaison de marins morts, et leurs madriers pourriront, et leurs jointures céderont, jusqu'à ce que les uns après les autres ils coulent par le fond. Peut-être, dans un siècle, l'Atlantique sera-t-il encore couvert de débris flottant à la dérive.

— Et les mineurs ! renchérit Summerlee avec un gloussement lugubre. Si jamais les géologues repoussent un jour sur la terre ils émettront d'étranges théories sur l'existence humaine dans les strates carbonifères. »

Lord John réfléchissait :

« Je ne me vante pas de prédire l'avenir, dit-il, mais je crois qu'après ceci, la terre sera « Vide, à louer ». Si l'humanité est effacée de sa surface, comment s'y reproduirait-elle ?

— Au commencement le monde était vide, répondit Challenger. Sous des lois dont l'origine demeure chargée de mystères, il s'est peuplé. Pourquoi le même processus ne se répéterait-il pas ?

— Mon cher Challenger, vous ne parlez pas sérieusement !

— Je n'ai pas l'habitude, professeur Summerlee, de dire des choses que je ne pense pas sérieusement. Cette remarque est déplacée ! »

Nous revîmes la barbe pointant en avant et les paupières qui retombaient.

« Quoi ! Vous avez vécu en dogmatique obstiné, et vous entendez mourir de même ? s'écria Summerlee, non sans aigreur.

— Et vous, monsieur, vous avez passé votre vie à critiquer sans rien imaginer, et vous êtes bien incapable d'autre chose ! »

Summerlee répliqua :

« Vos pires ennemis ne vous accuseront jamais, vous, de manquer d'imagination ! »

Lord John tapa du pied.

« Ma parole, cela vous ressemblerait de gâcher nos dernières bouffées d'oxygène à échanger des propos désagréables ! D'abord qu'importe si la terre se repeuple ou non ? Elle ne se repeuplera sûrement pas de notre vivant ! »

Challenger le reprit avec sévérité :

« Cette remarque, monsieur, trahit vos limites ; elles ne nous surprennent pas ; nous les connaissions. Mais le véritable esprit scientifique ne se laisse pas ligoter par le temps et l'espace. Il se construit un observatoire sur la ligne frontière du présent, qui sépare l'infini passé du futur infini. De là, il exerce son activité vers le commencement et vers la fin de toutes choses. Quand survient la mort, l'esprit scientifique meurt à son poste, après avoir travaillé normalement et méthodiquement jusqu'à la fin. Il dédaigne un événement aussi minime que sa propre dissolution physique, avec la hauteur dont il use vis-à-vis de toutes les autres limitations

matérielles. Ai-je raison, professeur Summerlee ? »

Dans un grognement malgracieux Summerlee répondit :

« Sous certaines réserves je suis d'accord.

— L'esprit scientifique idéal (je parle à la troisième personne de peur qu'on ne m'accuse de complaisance), l'esprit scientifique idéal devrait être capable de méditer sur un sujet de science abstraite entre le moment où son possesseur tomberait d'un avion et celui où il s'écraserait au sol. Voilà le caractère bien trempé qui conquiert la Nature et fait cortège à la Vérité !

— J'ai l'impression que la Nature prend sa revanche, déclara Lord John qui regardait par la fenêtre. J'ai lu quelques articles de journaux où il était dit, messieurs, que vous la maîtrisiez. Cette fois elle est en train de vous mettre dans sa poche.

— Revers provisoire ! affirma Challenger. Dans le grand cycle du temps, qu'est-ce que quelques millions d'années ? Le monde végétal survit, ainsi que vous pouvez le constater. Regardez les feuilles de ce platane ; les oiseaux sont morts, mais la végétation continue à vivre. De cette vie végétale dans des marais et des eaux stagnantes surgiront, en leur temps, les têtards minuscules qui précéderont la grande armée de la vie dont, pour l'instant, nous cinq formons la peu banale arrière-garde. Dès que la forme de vie la plus basse se sera établie, l'avènement final de l'Homme est une certitude mathématique. Tout comme du gland naît le chêne. Le vieux cercle recommencera à tourner une fois de plus.

— Mais le poison? demandai-je. Ne tuera-t-il pas la vie dans l'œuf?

— Le poison peut n'être qu'une couche dans l'éther, un Gulf-Stream méphitique dans cet océan où nous flottons. Ou encore : une tolérance peut s'instaurer, et la vie s'adapter à de nouvelles conditions. Le simple fait qu'avec une hyper-oxygénation relativement faible de notre sang nous y résistions est une preuve certaine qu'il ne faudrait pas modifier grand-chose pour permettre à la vie animale de le supporter. »

La maison d'où s'échappait tout à l'heure la fumée était à présent en flammes; de longues langues de feu montaient dans l'air.

« C'est affreux », murmura Lord John.

Jamais je ne l'avais vu si impressionné. Alors je lui dis :

« Après tout, qu'est-ce que cela peut faire? Le monde est mort. L'incinération est la meilleure des sépultures!

— Si la maison de Challenger prenait feu, nous en aurions plus vite fini!

— J'avais prévu ce danger, dit en souriant le propriétaire. J'avais prié ma femme de prendre toutes précautions à cet égard.

— Elles sont prises, mon chéri. Mais ma tête recommence à battre. Quelle atmosphère pénible!

— Il faut la changer! dit Challenger en se penchant au-dessus de sa bouteille d'oxygène. Elle est presque vide. Elle a duré près de trois heures.

Maintenant il va être huit heures. Nous passerons une nuit sans problème. J'attends la fin vers neuf heures demain matin. Nous verrons notre dernier lever de soleil. »

Après avoir dévissé la deuxième bouteille il ouvrit le vasistas ; l'air devenait meilleur, mais nos symptômes s'aggravaient ; aussi le referma-t-il au bout d'une demi-minute.

« D'ailleurs, nous fit-il observer, l'homme ne vit pas que d'oxygène. Il est l'heure de dîner ; elle est même dépassée. Je vous assure, messieurs, que lorsque je vous ai invités chez moi pour une réunion que j'avais tout lieu d'espérer intéressante, j'avais l'intention de vous fournir de quoi justifier notre cuisine familiale. Tant pis ! nous ferons comme nous pourrons. Vous jugerez certainement comme moi qu'il serait absurde de gaspiller notre oxygène en allumant un réchaud à pétrole. J'ai quelques provisions de viandes froides, de pain, de pickles qui, avec deux bouteilles de bordeaux, feront l'affaire. Merci, ma chérie : aujourd'hui comme d'habitude, tu es la reine des organisatrices ! »

De fait, c'était merveilleux de voir la maîtresse de maison, avec l'amour-propre d'une vraie ménagère anglaise, dresser en quelques minutes la table au milieu, la couvrir d'une nappe blanche comme neige, disposer les serviettes, et ordonner notre simple repas avec toute l'élégance de la civilisation : il y avait même au centre une torche électrique ! Et il n'était pas moins agréable de constater que notre appétit était revenu.

« Telle est la mesure de notre émotion, dit Challenger avec cet air de condescendance qu'il arborait toujours quand il appliquait l'esprit scientifique à d'humbles faits. Nous avons traversé une grande crise. Ce qui implique un désordre moléculaire. Ce qui implique non moins sûrement un besoin de rétablir l'ordre. Un grand chagrin ou une grande joie sont causes d'une grande faim, et non de l'abstinence comme se plaisent à l'imaginer nos romanciers.

« Voilà pourquoi à la campagne les enterrements sont l'occasion de copieux repas !

— Exactement. Notre jeune ami a trouvé l'image juste... Prenez donc une autre tranche de langue.

— C'est la même chose chez les sauvages, dit Lord John en découpant sa viande. J'en ai vu enterrer leur chef dans la rivière Aruwimi ; là ils ont mangé un hippopotame qui devait peser au moins autant que toute la tribu. Il y a aussi les indigènes de la Nouvelle-Guinée qui mangent le regretté défunt en personne, sous prétexte de lui faire une dernière toilette funèbre. Eh bien, de tous les repas funéraires du monde, je crois que celui-ci est le plus extraordinaire ! »

Mme Challenger intervint :

« Ce qui est étrange, c'est que je me sens incapable de ressentir du chagrin pour ceux qui sont morts. A Bedford j'ai mon père et ma mère. Je sais qu'ils sont morts ; pourtant, au sein de cette tragédie universelle je n'éprouve aucune peine pour les individus, même pour eux.

— Et ma vieille mère dans sa villa irlandaise ! m'écriai-je. Je la vois par l'œil de l'imagination : elle a mis son châle et un bonnet de dentelles ; elle s'est affaissée, les yeux clos, dans le vieux fauteuil à haut dossier devant la fenêtre ; près d'elle il y a son livre et ses lunettes. Pourquoi la pleurerais-je ? Elle a passé, et moi je vais passer le seuil d'une autre vie où je serai plus près d'elle peut-être que n'importe où en Irlande ou en Angleterre. Cependant j'ai de la peine à penser que ce cher corps ne vit plus ! »

Challenger prit la parole :

« Le corps ! Mais qui pleure ses cheveux coupés ou ses rognures d'ongles ? N'est-ce pas là pourtant des parties de nous-mêmes ?... Un unijambiste ne gémit pas sur son membre manquant. Notre corps physique nous a plutôt été une source de souffrance et de fatigue : il est l'indice toujours vigilant de nos propres limites. Pourquoi pleurer s'il se détache de notre moi psychique ?

— En admettant qu'il se détache réellement, grogna Summerlee. De toute façon la mort universelle est terrible !

— Comme j'ai déjà eu l'honneur de vous l'expliquer, répondit Challenger, une mort universelle doit être, par sa nature même, beaucoup moins terrible qu'une mort isolée. »

Lord John approuva :

« La même chose dans une bataille. Si vous voyiez un homme seul étendu sur ce plancher avec un trou dans la tête et la poitrine défoncée, vous en seriez malades ! Mais au Soudan j'ai vu dix mille hommes allongés sur le dos, et je n'en ai pas éprouvé de nausée : quand vous faites l'Histoire, la vie d'un homme est une trop petite chose pour que vous vous attardiez à la pleurer. Quand mille millions d'hommes trépassent ensemble, comme aujourd'hui, vous ne pouvez pas en pleurer un particulièrement.

— Oh ! je voudrais que ce fût déjà fini ! soupira Mme Challenger. George, j'ai si peur !

— Quand l'heure sonnera, petite madame, tu seras la plus courageuse de nous tous ! J'ai été un mari bien tonitruant, ma chérie, mais souviens-toi que G. E. C. fut tel qu'il avait été fait, et qu'il ne pouvait pas être autrement. Après tout, n'aurais-tu pas préféré un autre mari ?

— Oh ! personne au monde, mon chéri ! »

Elle mit ses bras autour de son cou de taureau. Et tous trois nous allâmes près de la fenêtre.

L'obscurité était tombée ; le monde mort s'enfonçait dans la nuit. Mais juste sur l'horizon du sud une longue bande écarlate étincelait, s'évanouissait, reparaissait avec d'étranges pulsations de vie : elle léchait brusquement le ciel rouge, puis retombait en une mince ligne de feu. Je criai :

« Lewes brûle !

— Non. C'est Brighton ! corrigea Challenger qui était venu nous rejoindre. Voyez les dos arrondis des dunes qui se détachent ; l'incendie se situe de l'autre côté, plus loin derrière elles. Toute la ville doit brûler. »

A différents endroits, des lueurs fusaient ; les débris entassés le long de la voie ferrée continuaient de se consumer lentement, mais qu'étaient ces petits points de lumière à côté de la formidable conflagration là-bas, à Brighton ! Quelle copie pour la *Gazette* ! Jamais un journaliste n'avait eu une pareille chance, sans pouvoir l'utiliser... Oui, c'était l'exclusivité majeure, l'Exclusivité parmi les exclusivités : et personne pour l'apprécier... Tout d'un coup mon vieil instinct de reporter se réveilla. Puisque ces hommes de science restaient fidèles jusqu'à la dernière minute à l'œuvre de leur vie, pourquoi moi, à mon humble manière, ne témoignerais-je pas de la même constance ? Aucun œil humain ne se pencherait jamais sur mon travail. Mais au moins la longue nuit passerait plus facilement. Il n'était pas question de dormir, du moins pour moi ! Les notes que je rédigerais occuperaient les heures grises, m'empêcheraient de penser... Voilà pourquoi j'ai aujourd'hui devant moi un carnet rempli de gribouillages ; je l'ai noirci à la lumière de notre unique torche ; j'ai écrit sur mes genoux. Si j'avais un petit talent littéraire, ces pages seraient à la hauteur des événements. Telles qu'elles sont cependant, elles apporteront au public un témoignage vécu sur une nuit atroce, fertile en émotions bouleversantes.

Chapitre 4

Journal d'une agonie

Hâtivement tracés au haut de la page blanche de mon carnet, comme ces mots me semblent étranges ! Mais n'est-il pas plus étrange encore que ce soit moi qui les aie écrits : moi, Edward Malone, qui me trouvais il n'y a pas plus de douze heures dans mon meublé de Streatham, sans le moindre soupçon des événements que cette journée allait apporter au monde ?

Je reprends par le début l'enchaînement des circonstances : mon entrevue avec McArdle, la lettre d'alerte de Challenger au *Times*, cet absurde voyage dans le train, l'agréable déjeuner, la catastrophe... Et maintenant voici que seuls nous nous attardons sur une planète abandonnée. Notre destin est inéluctable. Je puis considérer ces lignes, que je rédige par une sorte de mécanique professionnelle et que personne ne lira jamais, comme les paroles d'un homme déjà mort. Je me tiens en effet juste sur la ligne de démarcation au-delà de laquelle la mort a fait le vide sur la terre. Je me rappelle Challenger disant que le vrai drame consisterait à survivre à tout ce qui est noble, grand, et beau : comme il avait raison ! Mais de survivre il ne saurait être question : déjà notre deuxième bouteille d'oxygène touche à sa fin. A une minute près nous pouvons calculer le misérable temps qui nous reste à vivre.

Nous venons d'être gratifiés, pendant un quart d'heure, d'une conférence de Challenger ; il était si excité qu'il rugissait et soufflait comme s'il s'adressait à son vieil auditoire sceptique du Queen's Hall. De fait il avait une bizarre assistance : sa femme, acquise d'avance à des propos qu'elle ne comprenait pas ; Summerlee, assis dans l'ombre, maussade, critique, mais intéressé ; Lord John, paresseusement allongé dans un coin et vaguement exaspéré ; moi enfin, à côté de la fenêtre et regardant la scène avec autant d'attention que de détachement, comme s'il s'agissait d'un rêve ou de quelque chose qui ne me concernait pas personnellement. Challenger s'assit devant la table, la torche électrique faisait briller une lame sous le microscope qu'il était allé chercher dans son cabinet de toilette. Le petit cercle de lumière blanche que diffusait le miroir divisait sa rude figure barbue en deux parties : l'une bien éclairée, l'autre plongée dans l'ombre. Depuis longtemps il avait travaillé sur les formes élémentaires de la vie, et ce qui l'excitait prodigieusement pour l'instant, c'était de découvrir, sur la plaque préparée la veille, une amibe encore vivante.

« Regardez vous-même ! Summerlee, voulez-vous satisfaire votre curiosité ? Malone, je vous prie de vérifier ce que je dis... Les petites choses fuselées au centre sont des diatomées ; on peut ne pas en tenir compte, car ce sont probablement des végétaux plutôt que des animaux. Mais à droite vous verrez une amibe véritable qui se déplace lentement à travers le champ. La vis du haut règle parfaitement. Regardez, regardez vous-même ! »

Summerlee obéit, puis confirma. A mon tour je me penchai et aperçus une petite créature qui bougeait dans le champ éclairé. Lord John, lui, de son coin, nous faisait confiance :

« Je ne me casserai sûrement pas la tête pour savoir si elle est morte ou en vie ! Nous n'avons jamais été présentés l'un à l'autre, n'est-ce pas ? Pourquoi prendrais-je son sort à cœur ? Je ne pense pas que cette jeune personne se tracasse tellement pour notre santé ! »

J'éclatai de rire ; Challenger me jeta un coup d'œil glacial.

« La légèreté des semi-éduqués fait plus d'obstruction à la science que la stupidité des ignorants. Si Lord John Roxton daignait condescendre...

— George, mon chéri, ne sois pas aussi irascible ! murmura Mme Challenger en posant sa main légère sur la crinière noire qui retombait sur le microscope. Qu'importe si l'amibe est morte ou vivante ?

— Il importe beaucoup !

— Bon. Nous vous écoutons donc, Challenger ! lança Lord John avec bonne humeur. Pourquoi ne pas parler de cette amibe plutôt que de n'importe quoi ? Si vous pensez que j'ai été trop désinvolte à l'égard de cette petite bête, ou que je l'ai blessée dans ses sentiments les plus intimes, je lui présente mes excuses !

— Pour ma part, observa Summerlee d'un ton acerbe, je ne vois pas pourquoi vous attachez une si grande importance au fait que cette amibe soit en vie. Elle est dans la même atmosphère que nous, et le poison n'agit pas sur elle. Si elle était hors de cette chambre, elle serait morte, comme tout spécimen de la vie animale. »

Ah ! si je pouvais peindre le visage arrogant, suffisant, de Challenger répondant à son collègue !

« Vos remarques, mon bon Summerlee, prouvent que vous appréciez imparfaitement la situation. Ce spécimen a été préparé hier, et la plaque est absolument étanche, hermétiquement fermée. Notre oxygène n'y entre pas. Mais l'éther, naturellement, l'a pénétrée comme il pénètre tout dans l'univers. Cependant l'amibe a survécu au poison. D'où nous pouvons inférer que toutes les amibes hors de cette pièce, au lieu d'être mortes comme vous l'aviez faussement affirmé, ont réellement survécu à la catastrophe.

— Oui, eh bien, même maintenant, je ne vois pas qu'il y ait de quoi crier : « Hip, hip, hurrah ! » s'étonna Lord John. Quelle est l'importance de votre déduction ?

— Cela signifie simplement que le monde vit et n'est pas mort. Si vous êtes doué d'un peu d'imagination scientifique, projetez votre esprit dans le temps : dans quelques millions d'années, et quelques millions d'années ne sont rien dans le flux des âges, le monde regorgera encore d'une vie animale et végétale dont la source aura été cette minuscule amibe. Avez-vous déjà vu un feu de prairie ? Les flammes dévorent à la surface du sol toute trace d'herbe ou de plante jusqu'à ce qu'il ne subsiste plus qu'une étendue noircie. Vous pourriez croire que ce désert sera toujours un désert ? Non : les racines sont demeurées ; et quand vous passez par là quelques années plus tard vous cherchez en vain les grandes cicatrices noires. Eh bien, ici, dans cette bête minuscule, existent les racines d'où renaîtra le monde animal ; et certainement il effacera de cette planète toutes les traces de la catastrophe qui nous intéresse.

— Prodigieusement passionnant ! ponctua Lord John en se décidant à regarder dans le microscope. Quand je pense que c'est cette amusante bestiole qui sera accrochée Numéro 1 parmi les portraits de famille... Elle a un gros bouton de plastron sur sa chemise, hein, Challenger ?

— L'objet noir est son noyau. »

Challenger prit l'air d'une gouvernante qui apprend l'alphabet à un bébé.

« Eh bien, je ne me sens plus si seul ! Au moins, en dehors de nous, quelqu'un d'autre vit sur cette terre ! » soupira Lord John.

Mais Summerlee intervint :

« Vous paraissez tenir pour garanti, Challenger, que le monde a été créé dans le seul dessein de produire et de maintenir la vie humaine. »

Toujours écarlate dès qu'il subodorait la moindre contradiction Challenger lança :

« Naturellement ! Mais vous, monsieur, quel autre dessein suggérez-vous ?

— Il m'arrive de penser que seul le monstrueux orgueil de l'humanité l'incite à croire que tout ce théâtre a été dressé pour sa propre exhibition.

— Là-dessus nous ne pouvons pas être dogmatiques ; mais en laissant de côté ce que vous appelez un orgueil monstrueux, nous avons sûrement le droit de dire que la vie humaine occupe le niveau le plus élevé dans l'ordre naturel.

— Le plus haut dont nous ayons connaissance.

— Cela va sans dire, monsieur !

— Pensez aux millions et probablement aux milliards d'années pendant lesquelles la terre s'est balancée, vide, dans l'espace... ou, sinon tout à fait vide, du moins vide de la moindre trace de l'espèce humaine. Pensez à notre planète, lavée par la pluie, roussie par le soleil, balayée par le vent pendant des siècles innombrables. C'est seulement hier, dans le temps géologique, que l'homme est venu à l'existence. Pourquoi donc tenir pour certain que toute cette préparation formidable a été ordonnée pour son seul bénéfice ?

— Alors pour qui, ou pour quoi ? »

Summerlee haussa les épaules pour répondre :

« Comment le dire ? Pour une raison qui nous échappe : l'homme peut avoir été un simple acci-

dent, un sous-produit élaboré dans le processus. C'est comme si l'écume sur la surface de la mer s'imaginait que l'océan était créé pour la produire et la maintenir ; ou comme si une souris dans une cathédrale croyait que la cathédrale avait été édifiée pour lui servir de résidence. »

Je notai les mots mêmes de leur discussion ; mais voici qu'elle dégénère en une dispute bruyante ; on fait assaut de jargon scientifique. Sans doute est-ce un privilège que d'entendre de tels cerveaux débattre de problèmes essentiels ; mais comme ils ne sont jamais d'accord, des auditeurs aussi simplets que Lord John et moi ne retirent pas de cette joute grand-chose de positif. Ils se neutralisent l'un l'autre, et nous ne sommes pas plus avancés qu'avant. Maintenant le tumulte des voix s'est apaisé ; Summerlee s'est lové sur son fauteuil ; Challenger manie les vis de son microscope en poussant un sourd grognement : la mer après la tempête. Lord John s'approche de moi, et nous regardons tous les deux dans la nuit.

La lune est pâle. C'est une nouvelle lune. La dernière que contemplent des yeux d'homme. Les étoiles brillent avec éclat. Même sur notre plateau de l'Amérique du Sud je ne les avais pas vues scintiller davantage dans l'air pur. Peut-être la modification de l'éther affecte-t-elle la lumière ? Le bûcher funéraire de Brighton brûle encore. Dans le ciel occidental je vois une très lointaine tache rouge : elle indique que quelque chose ne va pas à Arundel, ou à Chichester, à moins que ce ne soit à Portsmouth. Je m'assieds, observe, et, de temps à autre, je prends une note sur mon carnet. Une douce mélancolie règne dehors. La jeunesse, la beauté, la chevalerie, l'amour... tout cela est-il terminé ? La terre, sous la lumière des étoiles, ressemble à un pays imaginaire de paix et de tendresse. Qui supposerait qu'elle n'est plus qu'un terrible Golgotha jonché de corps ?... Brusquement je me mets à rire.

« Hello, bébé ! me dit Lord John me dévisageant avec surprise. Il est toujours bon de rire en de pareils moments. Pourrais-je partager votre joie ?

— J'étais en train de réfléchir aux grands problèmes qui n'ont pas été résolus, répondis-je. Les problèmes sur lesquels nous avons tant travaillé et médité. Pensez par exemple à la compétition entre Anglais et Allemands, ou aux questions intéressant le Moyen-Orient ? Qui aurait pu prévoir, alors que nous nous excitions là-dessus, qu'ils allaient recevoir une solution d'éternité ? »

Nous redevenons silencieux. Je me doute que chacun d'entre nous reporte ses pensées sur ses amis déjà privés de vie. Mme Challenger sanglote sans bruit, et son mari lui parle à l'oreille. Mon esprit fait le tour des gens les plus divers, et je me les représente couchés, rigides et blancs comme le pauvre Austin dans la cour. McArdle par exemple... Je sais exactement où il est tombé : il a la tête sur son bureau, une main sur le téléphone. Beaumont, le directeur du journal, est mort lui aussi : je suppose qu'il gît sur le tapis de Turquie bleu et rouge qui ornait son sanctuaire. Et mes camarades du reportage sont étendus dans la salle des informations : Macdona, et Murray, et Bond. Ils sont morts à leur poste, avec des feuillets noircis de détails, d'impressions personnelles. Je les vois courant l'un chez les médecins, l'autre à Westminster, et le troisième à Saint-Paul.

Ils ont dû fermer les yeux sur un extraordinaire panorama de manchettes : suprême vision destinée à immortaliser en encre d'imprimerie des articles que personne ne lira jamais ! J'imagine Macdona parmi les médecins : *« La Faculté ne désespère pas. » « Interview de M. Soley Wilson ; le célèbre spécialiste proclame : « Ne vous découragez jamais ! » « Notre envoyé spécial a trouvé l'éminent savant assis sur le toit où il s'était réfugié pour éviter la foule des malades terrifiés qui avaient envahi sa maison. Montrant clairement qu'il avait pleinement conscience de l'immense gravité de l'heure, le fameux physicien a refusé d'admettre que toute porte était fermée à l'espérance.»* Voilà comment Macdona commencerait son papier.

Et puis il y avait Bond. Lui se serait sans doute rendu à Saint-Paul. Il se croyait un écrivain de première force. Quel beau sujet pour lui ! *« Debout dans la petite galerie sous le dôme, je contemple à mes pieds cette masse d'humanité au désespoir qui se traîne à son dernier instant devant une Puissance qu'elle a ignorée avec tant de persistance ; de la foule agenouillée s'élève jusqu'à mes oreilles un gémissement sourd de supplications et d'effroi, un tel cri pour appeler l'Inconnu au secours, que... »*, etc.

Oui, ç'avait dû être une belle fin pour un reporter ! Mais comme moi-même il avait amassé des trésors inutilisables. Que Bond ne donnerait-il pas, le pauvre type, pour voir « J. H. B. » au bas d'un article pareil ?

Que suis-je en train de radoter ? J'essaie simplement de tuer le temps. Mme Challenger est dans le cabinet de toilette, et le Professeur nous dit qu'elle dort sur le lit de repos. Lui, devant la table, prend des notes, compulse des livres aussi calmement que s'il avait devant lui des années de travail. Il écrit avec une plume qui grince comme pour cracher son mépris à tous ceux qui ne seraient pas d'accord avec lui.

Summerlee s'est enfoncé dans son fauteuil ; périodiquement il nous gratifie d'un ronflement exaspérant. Lord John est allongé sur le dos ; il a fermé les yeux et il a enfoncé les mains dans ses poches. Comment des gens peuvent-ils dormir dans de telles circonstances ? Voilà qui passe l'imagination !

Trois heures et demie. Je viens de me réveiller en sursaut. Il était onze heures cinq quand j'ai écrit le dernier feuillet. Je me rappelle avoir remonté ma montre et regardé l'heure. J'ai donc gaspillé près de cinq heures sur le petit délai de grâce qui nous est imparti. Qui l'aurait cru ? Mais je me sens beaucoup plus dispos, en pleine forme pour mon destin... A moins que je n'essaie de me persuader que je le suis. Et pourtant plus un homme se porte bien, plus est fort son courant vital, et plus il devrait répugner à mourir. Comme la Nature est sage et généreuse ! C'est d'habitude par petites tractions imperceptibles qu'elle lève l'ancre qui retient l'homme à la terre.

Mme Challenger est toujours dans le cabinet de toilette. Challenger s'est endormi sur sa chaise. Quel tableau ! Sa charpente énorme s'appuie contre le dossier ; ses grosses mains velues se croisent sur son gilet ; sa tête est tellement penchée en arrière qu'au-dessus du col je ne distingue que la luxuriance d'une barbe hirsute. La vibration de ses propres ronflements le secoue ; il ronfle en basse sonore, et Summerlee l'accompagne occasionnellement en ténorisant. Lord John est également endormi ; son long corps a roulé sur le côté. Les premières lueurs froides de l'aube rampent dans la pièce ; tout est gris et triste.

Je surveille le lever du soleil : ce fatal lever de

soleil qui éclairera un monde dépeuplé. La race humaine n'est plus. Un seul jour a suffi pour son extinction. Mais les planètes continuent leurs révolutions, les marées montent et descendent. Le vent chuchote toujours. La Nature tout entière poursuit son œuvre jusque, à ce qu'il paraît, dans l'amibe même. En bas dans la cour Austin est allongé, ses membres étalés sur le sol, son visage pâli par la lumière de l'aurore ; de sa main inerte dépasse encore le tuyau d'arrosage. En vérité l'espèce humaine se trouve caricaturée dans l'image mi-grotesque mi-pathétique de cet homme qui gît pour toujours à côté du moteur qu'il avait l'habitude de commander.

Ici se terminent les notes que j'ai écrites à l'époque. Depuis les événements ont été trop rapides et trop poignants pour me permettre de poursuivre ma rédaction. Ma mémoire les a cependant si bien enregistrés qu'aucun détail ne sera omis.

Une certaine douleur dans ma gorge me fit regarder les bouteilles d'oxygène, et je fus bouleversé par ce que je vis. Le sablier de nos vies était très bas. A un moment, pendant la nuit, Challenger avait ouvert le quatrième cylindre ; et celui-ci présentait des signes sensibles d'épuisement. Un horrible sentiment, celui de manquer d'air, m'étouffait. Je traversai la chambre et je dévissai notre dernière bouteille. Lorsque je touchai l'écrou, un remords de conscience me tenailla : en effet si je retenais ma main, ils mourraient tous pendant leur sommeil. Mais toute hésitation fut bannie quand j'entendis Mme Challenger crier du cabinet de toilette :

« George ! George ! J'étouffe...

— Ne vous inquiétez pas, madame Challenger ! Je mets en route une nouvelle réserve. »

Les autres avaient sursauté, s'étaient levés. Dans un moment aussi terrible je ne pus m'empêcher de sourire en regardant Challenger qui, tiré du sommeil, enfonçait un gros poing velu dans chaque œil, tel un énorme bébé barbu. Summerlee frissonnait comme un homme pris d'une crise de paludisme : en s'éveillant il s'était rendu compte de notre situation, et la peur avait pris le dessus sur le stoïcisme du savant. Quant à Lord John il était aussi frais et dispos que s'il se préparait à une matinée de chasse.

« Cinquième et dernière ! annonça-t-il en regardant la bouteille. Dites, bébé, ne venez pas me raconter que vous avez écrit sur ces feuillets vos impressions anthumes ?

— Juste quelques notes pour passer la nuit.

— Seigneur ! Il n'y a qu'un Irlandais pour faire une chose pareille ! Et quand je pense qu'il vous faudra attendre pour avoir un lecteur que petite amibe devienne grande... Alors, Herr Professor, quelles sont les perspectives ? »

Challenger contemplait les grands voiles du brouillard matinal, flottant sur le paysage. Par endroits la colline boisée surgissait au-dessus de cette mer de coton pour dessiner des îles en forme de cône.

« On dirait un suaire, murmura Mme Challenger qui était entrée vêtue d'une robe de chambre. Te rappelles-tu ta chanson favorite, George ? *« Le vieux frappe pour sortir, le neuf frappe pour entrer. »* Elle était prophétique. Mais vous grelottez, mes pauvres chers amis ! Moi j'ai eu chaud toute la nuit sous un édredon, et vous, vous avez gelé sur vos chaises... Attendez ! Je vais vous remettre d'aplomb. »

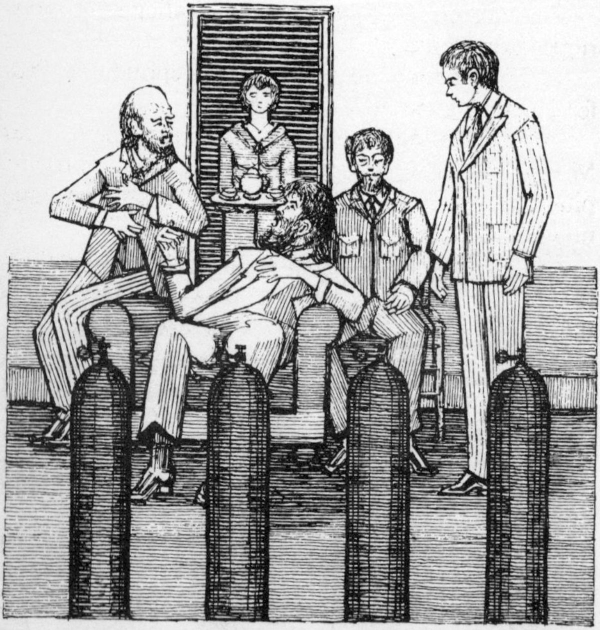

La courageuse petite femme disparut dans le cabinet de toilette et bientôt nous entendîmes une bouilloire chanter : elle nous préparait cinq tasses de chocolat fumant.

« Buvez ! nous dit-elle. Vous vous sentirez mieux. »

Après avoir bu, Summerlee demanda l'autorisation d'allumer sa pipe et nous des cigarettes. Histoire de calmer nos nerfs, je crois. Mais nous avions commis une erreur : dans cette pièce à l'air raréfié, l'atmosphère devint vite irrespirable. Challenger dut mettre en marche le ventilateur.

« Encore combien de temps, Challenger ? interrogea Lord John.

— Trois heures au maximum ! répondit le Professeur en haussant les épaules.

— Je m'attendais à avoir très peur, dit Mme Challenger, mais plus l'échéance approche, plus elle me semble facile. Ne penses-tu pas que nous devrions prier, George ?

— Prie, ma chérie, prie si tu veux ! murmura très doucement le gros homme. Nous avons tous notre manière personnelle de prier. La mienne consiste à accepter totalement ce que m'envoie le Destin : une acceptation joyeuse. La religion la plus haute et la science la plus haute s'accordent, selon moi, sur ce point. »

Summerlee, par-dessus sa pipe, protesta en grognant :

« Mon attitude mentale, à moi, n'a rien d'un acquiescement, et moins encore d'une acceptation joyeuse. Je me soumets parce que je ne peux pas faire autrement. J'avoue que j'aurais été content de vivre une année de plus pour achever ma classification des fossiles crayeux.

— Cet inachèvement est peu de chose, répliqua Challenger bouffi de suffisance, à côté du fait que mon *magnum opus*, « L'Échelle de la vie », n'en est qu'aux premiers barreaux. Mon cerveau, mon expérience, ma culture... en bref tout ce qui est moi devait être condensé dans ce livre historique. Et pourtant, voyez-vous, j'accepte.

— Je pense que nous laissons tous quelque chose d'inachevé, dit Lord John. Qu'est-ce que vous laissez derrière vous, bébé ?

— J'avais commencé un recueil de poèmes.

— Eh bien, au moins le monde a échappé à cela ! En cherchant bien, on trouve toujours une compensation à tout.

— Et vous ? demandai-je.

— Moi ? Ma maison était prête, propre comme un sou neuf. Et j'avais promis à Merivale de l'accompagner au printemps dans le Tibet pour chasser le léopard des neiges. Mais c'est pour vous, madame Challenger, que les regrets doivent être les plus lourds : vous veniez juste d'aménager cette charmante maison !

— Ma maison est là où est George. Ah ! que ne donnerais-je pas pour que nous fassions ensemble une dernière promenade dans nos dunes à l'air frais du matin ! »

Nos cœurs faisaient écho à ses paroles. Le soleil avait percé le voile de brouillard ; tout le paysage était baigné d'or. Pour nous, qui étions assis dans notre sombre atmosphère empoisonnée, cette campagne riche, éclatante, rafraîchie par le vent était un rêve de beauté. Nous avions approché nos chaises de la fenêtre et nous étions assis en demi-cercle. L'air s'alourdissait. Il me semblait que les ombres de la mort s'étendaient au-dessus de nous, prêtes à nous envelopper ; un rideau invisible se refermait progressivement sur les derniers hommes de la terre.

Lord John, après une longue aspiration, demanda :

« Cette bouteille n'a pas l'air de vouloir durer bien longtemps, hein ?

— Son contenu est variable, répondit Challenger. Il varie suivant la pression et le soin avec lesquels la bouteille a été remplie. Je suis de votre avis, Roxton : celle-ci me semble défectueuse.

— Alors nous allons être privés d'une heure de vie ?... »

C'était Summerlee qui avait parlé. D'une voix aigre il ajouta aussitôt :

« ... Voilà une ultime et excellente illustration de l'époque sordide où nous avons vécu. Eh bien, Challenger, si vous désirez étudier les phénomènes subjectifs de la dissolution physique, votre heure est arrivée ! »

Challenger se tourna vers sa femme :

« Assieds-toi sur le tabouret contre mes genoux et donne-moi ta main... Je pense, mes amis, qu'il vaudrait mieux ne pas prolonger notre séjour dans cette atmosphère insupportable... Tu ne le désires pas, n'est-ce pas, ma chérie ? »

Mme Challenger poussa un bref gémissement et cacha son visage contre la jambe de son mari.

« J'ai vu des gens qui se baignaient l'hiver dans la Serpentine, dit Lord John. Quand tout le monde y est, il reste toujours au bord une ou deux personnes qui grelottent de froid et envient ceux qui sont déjà dans l'eau. Ce sont les derniers qui souffrent le plus. Moi, je suis pour le grand plongeon ; j'en ai assez !

— Vous voudriez ouvrir la fenêtre et affronter l'éther ?

— Je préfère le poison à l'asphyxie. »

Summerlee, d'un signe de tête, manifesta qu'il était, à contrecœur, d'accord. Et puis il tendit sa main à Challenger :

« Nous avons eu nos querelles, mais oublions-les. D'ailleurs nous étions bons amis et nous nous respections en dépit des apparences, n'est-ce pas ? Adieu !

— Adieu, bébé ! s'écria Lord John. Mais le papier est bien collé, vous ne pourrez pas ouvrir la fenêtre ! »

Challenger se pencha vers sa femme ; il la releva et la tint serrée contre sa poitrine ; elle avait passé les bras autour de son cou.

« Malone, donnez-moi cette lunette d'approche ! » me dit-il avec gravité.

Je la lui tendis.

« Entre les mains de la Puissance qui nous a créés, nous nous remettons ! »

Il avait crié ces derniers mots d'une voix tonnante avant de jeter la lunette à travers la fenêtre ;

les vitres se fracassèrent. Sur nos visages empourprés, alors que tintait encore le verre en miettes, le souffle sain du vent passa, frais et doux.

Je ne sais combien de temps nous demeurâmes assis dans un silence stupéfait. Puis, comme en un songe, j'entendis Challenger hurler :

« Les conditions normales sont revenues ! Le monde s'est libéré de sa ceinture empoisonnée ! Mais de toute l'humanité, nous sommes les seuls survivants ! »

Chapitre 5

Le monde est mort

Je nous revois encore, assis sur nos chaises, respirant à pleins poumons cette brise du sud-ouest rafraîchie par la mer, qui agitait les rideaux de mousseline et baignait de douceur nos visages congestionnés. Combien de temps restâmes-nous ainsi ? Plus tard nous n'avons jamais pu nous accorder sur ce détail essentiel. Nous étions émerveillés, étourdis, à demi conscients. Nous avions fait appel à tout notre courage pour mourir, mais ce fait inattendu, effrayant (ne devions-nous pas survivre à la disparition de notre espèce ?) nous avait assommés : nous étions knock-out. Puis, progressivement, le mécanisme se remit en marche, les navettes de notre mémoire recommençaient à courir dans notre tête ; les idées reprenaient leur cours. Avec une lucidité aiguë, impitoyable, nous envisagions les relations entre le passé, le présent et l'avenir : la vie qui avait été la nôtre, la vie qui nous attendait. Nos yeux échangeaient la même impression muette. Au lieu de la joie qui aurait dû nous envahir, nous étions submergés par une tristesse affreuse. Tout ce que nous avions aimé sur la terre avait été emporté dans le grand océan inconnu, et nous demeurions seuls sur l'île déserte de ce monde, privés d'amis, d'espoirs, d'ambitions. Encore quelques années à nous traîner comme des chacals parmi les tombeaux de l'humanité, puis ce serait la fin, retardée mais solitaire.

« C'est affreux, George ! Terrible, mon chéri ! s'écria Mme Challenger en éclatant en sanglots. Si seulement nous étions morts avec les autres ! Oh ! pourquoi nous as-tu sauvés ? J'ai l'impression que nous sommes les morts, et que les autres vivent. »

Challenger posa sa grosse patte velue sur la main suppliante de sa femme, mais en même temps ses sourcils se contractaient sous un effort de réflexion. J'avais déjà remarqué que dans le chagrin elle tendait toujours ses mains vers lui, telle une enfant vers sa mère. Challenger dit enfin :

« Je ne suis pas fataliste au point de ne jamais me révolter, mais j'ai découvert jadis que la sagesse la plus haute consistait à accepter les faits. »

Il s'était exprimé avec lenteur, et sa voix sonore laissait percer une pointe sentimentale.

« Je n'accepte pas, moi ! rétorqua Summerlee avec fermeté.

— Je ne vois pas que votre accord ou votre refus vaille plus qu'une poignée d'épingles, objecta Lord

John. Les faits sont là. Que vous les affrontiez debout ou couché, qu'importe ? Ils ne vous ont pas demandé votre avis, et je ne pense pas qu'il en aille autrement désormais. Quoi que nous en pensions, quelle différence, s'il vous plaît ? »

Challenger, l'air rêveur et une main toujours dans celles de sa femme, répondit à Lord John :

« C'est toute la différence entre le bonheur et le malheur. Si vous nagez dans le sens du courant, vous avez l'esprit et l'âme en paix. Si vous nagez à contre-courant, vous êtes meurtri et las. Cette affaire nous échappe : acceptons-la donc telle qu'elle se présente et n'en parlons plus. »

Mais moi, qui contemplais le ciel vide avec désespoir, je m'insurgeai :

« Qu'allons-nous faire de nos vies ? De la micnne, par exemple ? Il n'y a plus de journaux : ma vocation n'a plus de sens.

— Comme il n'y a plus rien à chasser, ni de guerre en perspective, renchérit Lord John, la mienne aussi est sans objet.

— Et puisqu'il n'y a plus d'étudiants, s'écria Summerlee, que dirai-je de la mienne ?

— Moi, j'ai mon mari et ma maison, déclara Mme Challenger. Ainsi je puis bénir le Ciel : ma vocation n'est pas vaine.

— La mienne non plus, dit Challenger. Car la science n'est pas morte. Cette catastrophe nous promet quantité de problèmes passionnants à résoudre. »

Il avait ouvert toutes les fenêtres, et nous regardions le paysage muet et immobile.

« Réfléchissons ! ajouta-t-il. Il était trois heures environ, hier après-midi, quand le monde a été ceinturé de poison au point d'en étouffer. Il est maintenant neuf heures. Une question se pose : à quelle heure avons-nous été libérés ?

— L'air était très mauvais à l'aube, remarquai-je.

— Plus tard encore ! s'écria Mme Challenger. Jusqu'à huit heures ce matin j'ai distinctement ressenti le même étouffement dans ma gorge.

— Disons que le poison a disparu un peu après huit heures. Pendant dix-sept heures le monde a donc baigné dans l'éther empoisonné. Ce laps de temps a permis au Grand Jardinier de stériliser la moisissure humaine qui proliférait à la surface de ses fruits. Il est possible que cette stérilisation ait été imparfaite, qu'il y ait sur la terre d'autres survivants ? »

Lord John approuva avec vigueur.

« Voilà ce que je me demandais. Pourquoi serions-nous les seuls cailloux sur cette plage ? »

Summerlee protesta :

« Il est absurde de supposer que d'autres hommes aient pu s'en tirer ! Rappelez-vous : le poison était si virulent que même un homme aussi fort qu'un bœuf et parfaitement dépourvu de nerfs comme Malone a eu de la peine à grimper l'escalier avant de tomber évanoui. Qui aurait résisté dix-sept minutes de plus ? Quant à dix-sept heures...

— A moins que ce quelqu'un n'ait vu arriver la catastrophe, et ne s'y soit préparé, comme l'a fait notre vieil ami Challenger.

— Ceci est, je crois, hautement improbable !

déclara le Professeur en projetant sa barbe en avant et en fermant ses paupières. La combinaison de l'observation, de la déduction et de l'imagination prospective qui m'a permis de prévoir le danger est un chef-d'œuvre qu'on voit rarement deux fois dans la même génération.

— Vous concluez donc que tout le monde est mort ?

— Sans doute. Rappelons-nous cependant que le poison agissait de bas en haut ; il était probablement moins virulent dans les couches supérieures de l'atmosphère. C'est étrange, certes, mais c'est ainsi ; et nous avons là pour l'avenir un terrain d'études fascinant. En admettant que nous partions à la recherche de survivants possibles, nous aurions peut-être intérêt à nous tourner du côté d'un village tibétain ou d'une ferme des Alpes, à plusieurs milliers de mètres au-dessus du niveau de la mer.

— Oui ? fit Lord John avec un sourire. Mais considérez aussi, je vous prie, qu'il n'existe plus de chemins de fer ni paquebots. Autant parler de survivants dans la lune !... Je voudrais tout de même bien savoir si ce match avec le poison est réellement terminé ou si nous n'en sommes qu'à la mi-temps. »

Summerlee se tordait le cou pour embrasser tout l'horizon.

« Évidemment le ciel est clair et très beau, murmura-t-il, non sans scepticisme. Mais hier il l'était aussi. Je ne suis pas du tout certain que nous en ayons terminé. »

Challenger haussa ses robustes épaules :

« Dans ce cas, revenons à notre fatalisme. Si le monde a déjà subi une telle expérience (hypothèse qui n'est pas à exclure absolument), c'était il y a fort longtemps. Nous pouvons donc espérer qu'il s'écoulera beaucoup de temps avant qu'elle ne se reproduise.

— Tout ça est très joli ! répondit Lord John. Mais si vous êtes secoué par un tremblement de terre, un deuxième peut survenir avant que vous ne soyez remis du premier. Nous ferions bien de nous dégourdir les jambes et de respirer le bon air pendant que nous en avons l'occasion. Puisque nous avons épuisé notre oxygène, nous serons aussi bien dehors que dedans. »

Une bizarre léthargie s'était abattue sur nous ; réaction consécutive aux fortes émotions de nos dernières vingt-quatre heures, elle était à la fois physique et mentale. Nous vivions sous l'impression que plus rien n'avait d'importance, que tout était fatigue ou un exercice inutile. Challenger lui-même y avait succombé : il était assis sur sa chaise, le visage enfoui dans ses mains. Il fallut que Lord John et moi le saisissions chacun par un bras et le mettions sur ses pieds ; en guise de remerciement nous ne reçûmes d'ailleurs qu'un grognement de dogue en colère. Toutefois, à peine hors de notre étroit refuge, nous récupérions graduellement notre énergie.

Mais par quoi commencer dans ce cimetière universel ? Depuis que le monde est monde, personne n'avait eu sans doute à se poser pareille question ! Nous savions que nos besoins physiques seraient satisfaits au-delà même du nécessaire. Nous n'avions qu'à nous servir : toutes les ressources en vivres, tous les vins, tous les trésors des arts nous appartenaient désormais. Mais que faire ? Quelques tâches mineures nous requéraient immédiatement. Ainsi nous descendîmes à la cuisine pour allonger les deux domestiques sur leurs lits respectifs. Elles semblaient n'avoir pas souffert : l'une était assise sur une chaise, l'autre gisait sur le plancher de l'arrière-cuisine. Puis nous avons ramené dans la maison le corps du pauvre Austin. Ses muscles étaient aussi rigides qu'une planche : la *rigor mortis* dans toute son inflexibilité. Sa bouche tordue dessinait un sourire sardonique. Symptôme qui se retrouvait d'ailleurs sur tous ceux qui étaient morts empoisonnés. Partout où nous allions, nous découvrions ces visages grimaçants qui souriaient, silencieux et sinistres, aux survivants de leur espèce.

Pendant que nous partagions un petit repas dans la salle à manger, Lord John marchait de long en large ; puis il s'arrêta pour nous dire :

« Écoutez ! J'ignore quel est votre sentiment, mes amis, mais quant à moi il m'est impossible de m'asseoir ici sans rien faire. »

Challenger haussa le sourcil :

« Peut-être aurez-vous la bonté de nous suggérer quelque chose !

— Nous mettre en route et voir ce qui est arrivé.

— C'est ce que je me proposais de faire.

— Mais pas dans ce petit village. De la fenêtre nous voyons du pays tout ce que nous désirons voir.

— Où irions-nous donc ?

— A Londres !

— Fort bien ! grogna Summerlee. Libre à vous de marcher pendant soixante-cinq kilomètres ! Mais je doute que Challenger, avec ses jambes courtes et arquées, puisse le faire. Quant à moi, j'en suis tout à fait incapable. »

Challenger parut très contrarié.

« Si vous pouviez faire en sorte, monsieur, de limiter le champ de vos observations aux particularités de votre propre personne, vous y découvririez un terrain assez fertile !

— Mais je n'avais pas l'intention de vous offenser, mon cher Challenger ! s'écria notre gaffeur. Personne n'est responsable de son physique. Puisque la Nature vous a gratifié d'un corps trapu et lourd, comment auriez-vous évité d'avoir des jambes courtes et arquées ? »

Trop furieux pour répondre, Challenger se contenta de rougir, de battre des paupières et de gronder. Lord John se hâta d'intervenir :

« Vous parlez de marcher. Mais pourquoi marcher ?

— Vous suggéreriez-nous de prendre le train ? demanda Challenger encore frémissant.

— Non, mais votre voiture. Pourquoi ne pas nous en servir ?

— Je ne m'y entends guère, répondit Challenger en réfléchissant dans sa barbe. Mais tout de même vous avez raison : une intelligence humaine entraînée aux manifestations les plus élevées doit être assez souple pour s'adapter à n'importe quoi. Votre idée, Lord John, est excellente. Je vous conduirai tous à Londres.

— Vous ne conduirez rien du tout ! protesta Summerlee énergiquement.

— Non, George ! s'exclama Mme Challenger. Tu n'as essayé qu'une fois de conduire : rappelle-toi comment tu as fracassé la porte du garage !

— C'était un manque momentané de concentration, convint de bonne grâce le Professeur. Considérez l'affaire comme réglée : je vais tous vous conduire à Londres. »

Lord John détendit la situation :

« Quelle voiture avez-vous ?

— Une Humber 20 CV.

— Eh bien, j'en ai conduit une pendant des années... Mais je vous jure que jamais je n'aurais pensé conduire un jour toute la race humaine dans une seule Humber ! Il y a place pour cinq. Préparez-vous : je vous attends devant la porte à dix heures. »

Ronronnante et pétaradante, la voiture sortait à l'heure dite de la cour avec Lord John au volant. Je m'assis à côté de lui tandis que Mme Challenger servait de tampon entre les deux savants courroucés. Puis Lord John desserra le frein, passa rapidement ses vitesses, et nous voilà partis à toute allure pour la plus extravagante des promenades.

Représentez-vous le charme de la nature en cette journée d'août, la douceur de l'air matinal, l'éclat doré du soleil d'été, le ciel sans nuages, le vert luxuriant des bois du Sussex, la pourpre sombre des dunes vêtues de bruyères. Regardez autour de vous : la beauté du paysage bannit toute idée de catastrophe ; et pourtant celle-ci trahit sa présence par un signe sinistre : le silence solennel qui plane sur toutes choses. A la campagne, l'aimable bourdonnement de la vie est si constant, si grave, qu'on cesse de l'entendre ; les riverains de l'océan ne prêtent pas davantage attention à l'incessant murmure des vagues. Le gazouillis des oiseaux, le vrombissement des insectes, l'écho lointain des voix, le meuglement du bétail, les aboiements des chiens, le grondement des trains ou des voitures : tout cela forme une basse continue que l'oreille ne perçoit même plus. Maintenant elle nous manque. Ce silence mortel est étouffant. Il est si grave, si impressionnant, que la pétarade de notre moteur paraît une intrusion impudente dans le calme respectueux qui sonne sans bruit le glas de l'humanité.

Et puis voici les morts ! Ces innombrables visages qui grimacent un sourire nous font d'abord frémir d'horreur. L'impression est si vive et si forte que je garderai toujours en mémoire cette descente vers la gare : nous passons à côté de la gouvernante et des deux bébés, du cheval agenouillé la tête pendante entre ses brancards, du cocher tordu sur son siège, du jeune homme cramponné à la poignée de la portière pour sauter. Un peu plus bas, six moissonneurs en tas, interrogent de leurs yeux vides la pureté du ciel. Mais bientôt, nos nerfs surexcités ne réagissent plus : l'immensité de l'horreur fait oublier les cas particuliers. Les individus se fondent dans des groupes, les groupes dans des foules, les foules dans un phénomène universel que l'on est bien obligé d'accepter dans tous ses détails. Ce n'est que par places, quand un incident plus émouvant ou grotesque s'impose à l'attention, que l'esprit bouleversé retrouve la signification humaine et personnelle de la catastrophe.

Il y a surtout les enfants. Je me rappelle encore combien leur vue nous a remplis de ressentiment contre une injustice insupportable. Nous avons failli pleurer, et Mme Challenger a pleuré, en passant devant une grande école : sur la route étaient éparpillés en une longue traînée d'innombrables petits corps. Les enfants avaient été renvoyés par leurs maîtres affolés, et le poison les avait surpris courant pour rentrer à la maison. Des gens avaient été saisis devant leurs fenêtres ouvertes. Dans Tunbridge Wells il n'y en avait pas une qui ne fût décorée d'un cadavre souriant. Le manque d'air, le besoin d'oxygène que nous seuls avions pu satisfaire avaient précipité tous les habitants à leurs fenêtres. Les trottoirs étaient jonchés d'hommes, de femmes et d'enfants, sans chapeaux, parfois à demi vêtus, qui s'étaient rués hors de chez eux. Beaucoup s'étaient effondrés au milieu de la chaussée. Par chance Lord John s'affirmait un as du volant : rien n'était plus difficile que d'éviter ces corps étendus. Il nous fallait aller très lentement en traversant les villages et les villes ; une fois à Tunbridge il fallut s'arrêter et déplacer les corps qui entravaient notre progression.

Quelques images précises de ce long panorama de la mort sur les routes du Sussex et du Kent demeurent dans ma mémoire. A la porte d'une auberge à Southborough une grosse voiture étincelante était arrêtée ; elle transportait sûrement des gens qui revenaient d'une partie de plaisir à Brighton ou à Eastbourne ; des trois femmes élégantes, jeunes et belles, l'une tenait un pékinois sur ses genoux ; elles étaient accompagnées d'un homme âgé qui avait une tête de noceur, et d'un jeune aristocrate qui portait encore à l'œil son monocle et dont la cigarette brûlée jusqu'au bout de liège était demeurée entre ses doigts gantés. La mort, qui avait dû les frapper au même instant, en avait fait des mannequins de cire. L'homme âgé avait tenté de déboutonner son col pour respirer, mais les autres auraient aussi bien pu mourir en dormant. A côté de la voiture un maître d'hôtel s'était affaissé avec des verres en miettes contre le marchepied. De l'autre deux vagabonds en haillons, un homme et une femme, gisaient là où ils étaient tombés ; l'homme avec sa main tendue semblait demander l'aumône pour l'éternité. En une seconde l'aristocrate, le maître d'hôtel, les vagabonds, le chien et les jolies femmes avaient été transformés en protoplasme voué à la décomposition.

Je me rappelle une autre scène singulière, à quelques kilomètres de Londres : sur la gauche, un grand couvent, qu'une pente gazonnée séparait de la route ; la pente était couverte d'enfants agenouillés, avec devant eux une rangée de bonnes sœurs et plus haut, silhouette rigide, sans doute la mère supérieure. Contrairement aux joyeux occupants de

la voiture, ceux-là semblaient avoir été avertis du péril, et ils étaient morts réunis, maîtresses et élèves, pour une dernière leçon commune.

J'ai l'esprit encore étourdi de cette terrible promenade et je cherche en vain le moyen d'exprimer l'émotion qui nous accablait. Peut-être vaut-il mieux ne pas essayer et me contenter d'exposer les faits. Summerlee et Challenger eux-mêmes étaient effondrés. Mme Challenger laissait échapper de petits sanglots. Quant à Lord John, préoccupé par son volant, il n'avait ni le temps ni le goût de parler. Il se bornait à répéter inlassablement :

« Joli travail, hein ? »

Cette exclamation finit par me faire sourire.

« Joli travail, hein ? »

Quel commentaire pour ce jour fatal ! Mais Lord John le reprenait chaque fois que la mort et les ruines se dressaient devant nous. « Joli travail, hein ? » quand nous descendions de Rotherfield vers la gare. « Joli travail, hein ? » quand nous défilions dans ce désert qu'était devenue la grande rue de Lewisham ou sur la route du vieux Kent.

C'est ici que nous reçûmes un choc stupéfiant. De la fenêtre d'une humble maison apparut un mouchoir qui s'agitait au bout d'un bras long et mince. Jamais l'apparition d'une mort imprévue n'aurait arrêté puis fait repartir nos cœurs avec plus de brutalité que cette ahurissante manifestation de vie. Lord John rangea la voiture le long du trottoir ; l'instant d'après nous foncions par la porte ouverte de la maison, grimpions l'escalier et pénétrions dans la pièce du deuxième étage d'où le signal avait jailli.

Une très vieille femme était assise dans un fauteuil auprès de la fenêtre ; à côté d'elle, allongée en travers d'une chaise, il y avait une bouteille d'oxygène, plus petite mais de la même forme que celles qui nous avaient sauvé la vie. Quand nous eûmes franchi le seuil, elle tourna vers nous sa figure maigre, allongée, ses yeux vifs derrière les lunettes.

« Je craignais d'être abandonnée ici pour toujours ! dit-elle. Je suis infirme, et je ne puis bouger.

— Eh bien, madame ! répondit Challenger. Vous avez eu une chance inouïe que nous soyons passés par là !

— J'ai une question très importante à vous poser, messieurs. Je vous supplie d'être francs. Pouvez-vous me dire si ces événements ont eu une répercussion sur les cours de la Bourse ? et notamment sur les actions des chemins de fer britanniques ? »

Nous aurions éclaté de rire si nous n'avions pas été frappés par l'anxiété tragique de son interrogation. Mme Burston, c'était son nom, était une veuve âgée dont le revenu dépendait de quelques valeurs. Sa vie avait été jalonnée par les hauts et les bas de la Bourse, et elle était incapable de concevoir l'existence sans la cotation de ses actions. En vain avons-nous essayé de lui représenter que tout l'argent du monde était à prendre, mais qu'une fois pris il ne servirait à rien. Son vieil esprit se refusait à admettre cette idée nouvelle. Elle se mit à pleurer :

« C'était tout ce que je possédais ! répétait-elle. Si je l'ai perdu, je peux bien mourir ! »

A travers ses lamentations, nous finîmes par comprendre comment cette vieille plante avait survécu à la mort de toute la grande forêt. Elle était infirme et asthmatique. L'oxygène lui avait été prescrit pour son asthme, et elle avait auprès d'elle une bouteille pleine quand la catastrophe s'était produite. Naturellement, dès qu'elle avait éprouvé des difficultés à respirer, elle en avait aspiré un peu comme à l'accoutumée. L'oxygène l'avait soulagée ; en en prenant parcimonieusement, elle avait fait durer la bouteille toute la nuit. Au matin elle s'était endormie, et le bruit de notre moteur l'avait réveillée. Comme il nous était impossible de l'emmener avec nous, et comme elle disposait de tout ce qui lui était nécessaire pour vivre, nous la quittâmes en lui promettant de revenir la voir avant deux jours. Elle pleurait encore sur ses actions perdues.

En approchant de la Tamise, l'embouteillage des rues augmentait et nous rencontrions les obstacles les plus divers. Nous eûmes beaucoup de mal à nous frayer un passage sur le Pont de Londres. Mais ensuite il nous fut impossible d'avancer tant la circulation immobilisée était dense. Le long d'un wharf près du pont un bateau se consumait ; l'air était plein de flocons de suie ; une âcre odeur de brûlé nous prenait à la gorge. Quelque part près du Parlement s'échappait un nuage de fumée opaque, mais on ne pouvait repérer exactement l'endroit où l'incendie avait éclaté.

« Je ne sais pas ce que vous en pensez, dit Lord John en rangeant la voiture, mais la campagne me semble moins triste que la ville. La mort de Londres me porte sur les nerfs. Je suis d'avis que nous jetions un coup d'œil aux alentours et que nous rentrions à Rotherfield. »

Le professeur Summerlee approuva :

« Je ne vois vraiment pas ce que nous pouvons espérer ici ! »

La voix de Challenger retentit curieusement dans le silence qui nous environnait :

« En même temps il nous est difficile de concevoir que sur sept millions d'habitants, seule survit une vieille femme grâce à une particularité de constitution ou à un accident quelconque.

— En admettant qu'elle ne soit pas la seule et qu'il y ait d'autres survivants, George, comment espérer les découvrir ? demanda Mme Challenger. Mais je pense comme vous : nous ne pouvons pas rentrer sans avoir au moins essayé. »

Nous sortîmes de la voiture et, non sans difficultés, suivîmes la chaussée encombrée de King William Street, puis nous entrâmes dans un grand bureau d'assurances par la porte ouverte. C'était une maison d'angle : nous l'avions choisie parce qu'elle permettait de voir dans toutes les directions. Nous grimpâmes l'escalier et traversâmes ce qui avait dû être la salle du conseil d'administration, car huit hommes âgés étaient assis autour d'une longue table à tapis vert. la fenêtre était ouverte et nous passâmes sur le balcon. De là nous pouvions voir les rues de la City qui partaient dans toutes les directions ; en bas la route était noire d'un trottoir à l'autre, avec la file immobile des toits des taxis presque tous tournés vers la banlieue : les hommes de la City, épouvantés, avaient au dernier moment tenté l'impossible pour rejoindre leurs familles. Ici et là, parmi des fiacres plus modestes, s'allongeaient les capots brillants de somptueuses voitures appartenant à quelques magnats des affaires, coincées dans le flot du trafic interrompu. Juste sous nos yeux il y en avait une extrêmement luxueuse dont le propriétaire, un vieillard gras, avait passé la moitié du corps hors de la portière ; à voir la main potelée étincelante de diamants qu'il levait encore, on devinait qu'il avait ordonné à son chauffeur un suprême effort pour se frayer un passage.

Une douzaine d'autobus se dressaient comme des îlots dans ce courant ; les voyageurs entassés sur les impériales avaient culbuté les uns sur les autres ; on aurait dit un jeu d'enfants dans une nursery. Au milieu de la route, un solide policeman s'appuyait contre un lampadaire : son attitude était si naturelle qu'il était difficile de croire qu'il n'était plus en vie ; à ses pieds était affalé un petit vendeur de journaux déguenillé, son tas de papiers à côté de lui. Une affichette se détachait, sur laquelle était écrit en lettres noires sur fond jaune : *« Bagarre à la Chambre des Lords. Un match de rugby interrompu. »* C'était sans doute une première édition, car d'autres placards portaient en manchette : *« Est-ce la fin du monde ? », « L'avertissement d'un grand savant », « Challenger avait-il raison ? », « Nouvelles sinistres ».*

Challenger montra du doigt le placard qui arborait son nom, et je le vis bomber le torse et tapoter sa barbe. La pensée que Londres était mort son nom à la bouche et ses idées en tête flattait sa vanité. Ses sentiments étaient si visibles qu'ils ne pouvaient manquer de susciter un commentaire sardonique de son collègue.

« En vedette jusqu'à la fin, Challenger !

— On dirait ! » répondit-il seulement.

Il regarda en bas, vers toutes ces rues silencieuses et vouées à la mort ; après quoi il ajouta :

« Je ne vois vraiment pas pourquoi nous resterions plus longtemps à Londres. Je vous propose de rentrer tout de suite à Rotherfield où nous tiendrons un conseil de guerre pour déterminer l'emploi le plus profitable des années que nous avons encore à vivre. »

Je peindrai une dernière scène de la City morte. Nous voulions jeter un coup d'œil à l'intérieur de l'église Sainte-Marie, tout près de l'endroit où notre voiture nous attendait. Nous frayant un chemin parmi les formes prostrées sur les marches, nous poussâmes la porte. C'était un spectacle extraordinaire ! D'un bout à l'autre l'église était pleine à craquer de gens agenouillés dans des poses de supplication et d'humilité. Au moment terrible, le peuple soudain mis en présence des réalités de la vie (ces réalités terrifiantes auxquelles nous sommes livrés même quand nous n'en suivons que les apparences) s'était rué vers ces vieilles églises de la City qui depuis des générations étaient presque désertes. Là, les hommes et les femmes s'étaient entassés à genoux ; certains dans un si grand trouble qu'ils avaient gardé leur chapeau sur la tête. Dans la chaire, un jeune homme en tenue de ville était sans doute en train de leur parler quand lui et

ses auditeurs avaient été submergés par le même destin. Il gisait à présent, tel Polichinelle sur son théâtre, la tête et les bras pendant par-dessus bord. L'église grise et poussiéreuse, les rangs des fidèles agonisants, le silence et l'obscurité, ce pantin disloqué... quel cauchemar ! Nous sortîmes sur la pointe des pieds.

Et soudain j'eus une idée. A l'un des angles de l'église, près de la porte, il y avait les fonts baptismaux, et derrière eux un renfoncement assez profond où pendaient les cordes pour les sonneurs de cloches. Pourquoi ne diffuserions-nous pas un message qui serait entendu de tout Londres... du moins de tous ceux qui vivraient encore ? Je retraversai la porte en courant et me cramponnai à la corde de chanvre, tout étonné de découvrir qu'il était très difficile de mettre le carillon en branle. Lord John, qui m'avait suivi, retira sa veste :

« Mon vieux bébé, me dit-il, vous avez eu une riche idée ! Je m'y mets avec vous, nous réussirons bien à la faire danser, cette cloche... »

Mais, même à deux, c'était impossible. Challenger et Summerlee durent ajouter leur poids au nôtre pour que nous entendîmes enfin le grondement au-dessus de nos têtes : le grand battant se décidait à jouer sa musique. Loin, par-delà Londres anéanti, résonnait notre message de fraternité et d'espoir, à tout survivant possible. Il réchauffait nos cœurs, cet appel puissant, métallique ! Et nous tirions de toutes nos forces : à chaque traction sur la corde nous étions arrachés du sol d'un demi-mètre, mais tous ensemble nous la ramenions en bas : Challenger était presque couché par terre tant il s'employait ; il montait, redescendait à l'horizontale en mugissant comme une monstrueuse grenouille, et il ahanait chaque fois qu'il tirait. Le moment aurait été bien choisi pour peindre le tableau de ces quatre chevaliers de l'aventure, de ces compagnons de combats où les dangers furent aussi divers qu'étranges ; le destin leur imposait

maintenant cette expérience suprême!... Pendant une demi-heure nous avons sonné les cloches ; la sueur inondait nos visages ; nos bras et nos reins nous faisaient mal. Et puis nous sommes sortis sous le portail, guettant les rues embouteillées et silencieuses. En réponse à notre appel pas un bruit, pas un mouvement !

« Inutile de continuer ! Tout est mort ! » m'écriai-je.

Et Mme Challenger confirma :

« Nous ne pouvons rien faire de plus. Pour l'amour de Dieu, George, rentrons à Rotherfield ! Une heure encore dans cette City muette et morte, et je deviens folle !... »

Sans un mot, nous remontâmes en voiture. Lord John fit demi-tour et nous prîmes la route du sud. Le film de nos aventures nous semblait terminé. Nous ne pouvions pas supposer qu'un nouvel épisode allait commencer.

Chapitre 6

Le grand réveil

J'en viens maintenant à la conclusion de cette extraordinaire aventure qui éclipse toutes les autres, non seulement celles de nos médiocres existences individuelles, mais encore celles de l'histoire de l'humanité. Comme je l'ai dit au début de mon récit lorsque j'ai commencé à retracer les faits, voilà une expérience qui surpasse tous les événements comme une cime de montagne s'élève au-dessus des contreforts qui l'entourent. Notre génération est promise à un destin exceptionnel puisqu'elle a été choisie pour témoigner d'une chose aussi miraculeuse ! L'avenir seul nous dira si l'effet en sera durable, jusqu'à quand les hommes conserveront l'humilité et le respect que ce grand choc leur a enseignés. Mais je crois pouvoir l'affirmer : les choses ne redeviendront jamais ce qu'elles étaient. Nul ne peut mesurer son impuissance et son ignorance ni apprécier le soutien d'une main invisible tant que cette main ne se referme pas un instant pour le broyer. La mort a été suspendue au-dessus de nos têtes. Nous savons qu'à tout moment elle peut revenir. Sa présence lugubre assombrit nos existences ; mais qui peut nier que sous cette ombre le sens du devoir, de la responsabilité, une juste appréciation de la gravité de la vie et de ses fins, l'ardent désir de nous développer et de progresser, tout cela a grandi et s'est intégré à nos réalités quotidiennes au point que notre société en est radicalement transformée ? Par-delà les sectarismes et les dogmes, quelque chose existe : disons un changement de perspectives, une nouvelle échelle de valeurs, le sentiment de notre insuffisance et de notre fragilité, la certitude que nous existons par tolérance, que notre vie est suspendue au premier vent un peu froid qui souffle de l'inconnu.

Mais de ce que le monde est plus grave, il ne s'ensuit pas, selon moi, qu'il soit devenu plus triste. Les plaisirs sobres du présent sont plus profonds et plus sages que les folies bruyantes que nous prenions souvent pour de la joie (dans un passé si proche et pourtant inconcevable aujourd'hui !). Les existences dont l'on gaspillait le vide en visites, dans le vain entretien des grandes maisons, dans la préparation de repas lourds et compliqués trouvent maintenant leur plénitude dans la lecture, la musique et la douce communion de toute une famille. Des plaisirs plus vifs et une santé plus florissante les ont enrichies, même après les contributions au fonds commun qui ont élevé le niveau de vie des îles Britanniques.

Les opinions divergent sur l'heure exacte du grand réveil. On admet généralement que, compte tenu des différences d'heures, des causes locales ont pu influencer l'action du poison. Assurément, dans chaque commune prise à part, la résurrection a été pratiquement simultanée. De nombreux témoins affirment que Big Ben marquait six heures dix. La Société Royale des Astronomes l'a fixée à dix-huit heures douze à l'heure de Greenwich. D'autre part Laird Johnson, observateur très compétent de l'East Anglia, a noté dix-huit heures vingt. Aux Hébrides, on l'enregistra à dix-neuf heures. Dans notre cas, il ne peut y avoir aucun doute car j'étais assis dans le bureau de Challenger et j'avais en face de moi mon chronomètre : il marquait six heures et quart.

Une incommensurable dépression s'était abattue sur moi. L'accumulation des spectacles horribles que nous avions vus au cours de notre voyage du matin pesait sur mon âme. Avec ma santé de jeune animal et mon énergie naturelle, je ne me laissais pas assombrir facilement ! Je possédais la faculté irlandaise de discerner une étincelle d'humour dans la situation la plus noire. Mais pour une fois j'étais oppressé, découragé. Les autres, en bas, bâtissaient des projets d'avenir. Moi, j'étais allé près de la fenêtre ouverte et, le menton appuyé dans ma main, je méditais sur la misère de notre position. Pourrions-nous continuer à vivre ? Du moins, c'était la question que je me posais pour moi-même. Était-il possible de vivre sur un monde mort ? De même qu'en physique le corps le plus grand attire et entraîne le plus petit, ne subirions-nous pas l'insurmontable puissance d'attraction de toute cette humanité qui avait fait le saut dans l'inconnu ? Et comment notre vie se terminerait-elle ? Par un retour offensif du poison ? Ou bien la terre deviendrait-elle inhabitable sous l'effet du pourrissement des corps ? Et je redoutais aussi que notre affreuse situation ne finît par nous faire perdre notre équilibre mental... Alors, une équipe de fous sur un monde mort ? Mon esprit se repaissait de cette déplorable perspective lorsqu'un bruit léger me fit tourner la tête vers la route en dessous de moi : le vieux cheval du fiacre montait la côte !

Au même instant je pris conscience que les oiseaux recommençaient à gazouiller, que dans la cour quelqu'un toussait, et que tout le paysage semblait se mettre en mouvement. Mais je me rappelle bien cette antique haridelle, absurde, décharnée, grotesque, qui capta d'abord mon attention. Puis mes yeux se portèrent vers le cocher remonté sur son siège, vers le jeune homme penché à la portière pour indiquer la direction à prendre : indiscutablement (agressivement !) ils étaient rendus à la vie.

Les hommes s'étaient remis à vivre ! Avais-je eu une hallucination ? Cette histoire de ceinture empoisonnée autour de la terre n'aurait-elle été qu'un cauchemar ? Pendant quelques instants, ahuri, je faillis le croire. Puis je regardai mes mains, les ampoules que je m'étais faites en sonnant les cloches de Sainte-Marie. Je n'avais pas rêvé. Et cependant le monde ressuscitait ; c'était la marée de la vie qui cette fois submergeait la planète. Mes regards fouillaient la campagne : tout recommençait, tout repartait, là même où tout s'était arrêté. Les joueurs de golf allaient-ils reprendre leur partie ? Oui, l'un d'eux exécutait un drive ; d'autres, sur un green, se remettaient à « putter » vers le trou. Des moissonneurs gagnaient lentement les champs. La gouvernante avait hissé sur un bras son bébé et de l'autre elle poussait la petite voiture vers le haut de la côte. Chacun renouait avec insouciance le fil de sa vie à l'endroit même où il avait été cassé.

Je dévalai l'escalier, mais la porte du vestibule était ouverte, et j'entendis dans la cour les voix de mes compagnons, leurs exclamations de surprise, leurs congratulations... Ah ! les poignées de mains quc nous échangeâmes et ces rires ! Mme Challenger dans son émotion nous embrassa tous avant de se jeter dans les pattes d'ours de son mari.

« Mais enfin, ils n'étaient pas endormis ! s'écria Lord John. Au diable tout cela, Challenger ! Vous croyez, vous, que ces gens dormaient les yeux ouverts, les membres rigides, et cet affreux sourire grimaçant sur le visage ?

— Ils étaient sans doute en catalepsie, répondit Challenger. C'est un phénomène assez rare, qu'autrefois on a confondu avec la mort. Pendant que le sujet est dans cet état, sa température tombe, la respiration disparaît, le battement du cœur est imperceptible... En fait c'est la mort, avec cette différence que c'est une mort provisoire. L'intelligence la plus compréhensive... »

Ici il ferma les yeux et sourit avec suffisance.

« ... aurait eu du mal à concevoir une catalepsie universelle éclatant sous cette forme.

— Vous pouvez l'appeler catalepsie, fit observer Summerlee. Mais en somme, c'est un nom, rien de plus ! Et nous ne connaissons pas davantage ses effets que le genre de poison qui l'a provoquée. Tout ce que nous pouvons dire se borne à ceci : l'éther vicié a provoqué une mort provisoire. »

Austin était assis sur le marchepied de la voiture. C'était sa toux que j'avais entendue tout à l'heure. Il s'était d'abord gratté la tête en silence mais maintenant il marmonnait en contemplant la voiture.

« Jeune imbécile ! grommela-t-il. Il faut toujours qu'il touche à quelque chose !

— Qu'est-ce qu'il y a, Austin ?

— L'huile coule, monsieur. Quelqu'un s'est amusé avec la voiture. Je pense que c'est le gosse du jardinier, monsieur. »

Lord John prit un air coupable.

« Je ne sais pas ce qui cloche, poursuivit Austin en se mettant péniblement debout. Je me rappelle que je me suis senti bizarre pendant que je lavais la voiture. Je crois que je suis tombé sur le marchepied. Mais je jure bien que j'avais pensé à l'huile ! »

On lui fit alors un récit succinct des événements ; Austin apprit du même coup ce qui lui était arrivé à lui et au monde entier. Le mystère de l'huile lui fut expliqué. Il nous écouta avec un mépris visible pour l'amateur qui avait conduit sa voiture, mais un très vif intérêt pour notre voyage dans la City endormie. Je me souviens de son commentaire :

« Vous vous êtes donc trouvé près de la Banque d'Angleterre, monsieur ?

— Oui, Austin.

— Et il y avait tous ces millions à l'intérieur, et tout le monde dormait ?

— Mais oui, Austin !

— Et je n'étais pas là ! » gémit-il avant de se détourner pour reprendre son tuyau d'arrosage.

Des roues grincèrent sur le gravier. Le vieux fiacre s'arrêta devant la porte de Challenger. Je vis le jeune occupant en sortir. Un instant plus tard la bonne, aussi ahurie que si on l'avait arrachée au sommeil le plus profond, apporta sur un plateau une carte de visite. L'ayant lue, Challenger renifla avec férocité, et son épaisse barbe noire s'agita.

« Un journaliste ! » rugit-il.

Puis un sourire méprisant élargit sa bouche :

« Après tout, il est naturel que le monde entier soit pressé d'apprendre ce que je pense d'un tel événement !

— Ce n'est certainement pas là l'objet de sa course, dit Summerlee, car votre journaliste était déjà sur la route avant la catastrophe. »

Je pris la carte et je lus : James Baxter, correspondant à Londres du *New York Monitor*.

« Le verrez-vous ? demandai-je.

— Pas moi !

— Oh ! George ! Tu devrais être plus sociable, plus aimable ! Est-il possible que tu n'aies tiré aucune leçon de cette aventure ?

— Tut, tut ! » se borna-t-il à répondre en secouant sa tête aussi volumineuse qu'entêtée.

Et puis il explosa :

« Une engeance empoisonnée, eh, Malone ? La pire espèce de la civilisation moderne ! Un instrument de charlatanisme, l'obstacle à tout progrès humain ! Quand les journalistes ont-ils jamais dit une parole saine sur mon compte ?

— Et vous ? Quand leur avez-vous jamais rendu justice ? répliquai-je. Voyons, monsicur, c'est un étranger qui s'est déplacé pour vous voir. Je suis sûr que vous ne le décevrez pas.

— Bon, bon ! grommela-t-il. Venez avec moi et parlez en mon nom. Par avance je proteste contre une intrusion aussi offensante dans ma vie privée. »

Grognant, grondant, il me suivit comme un dogue en colère.

Le jeune Américain était tiré à quatre épingles ; il sortit son carnet de notes, et à pieds joints sauta dans le sujet.

« Je suis venu, monsieur, parce que notre peuple, aux États-Unis, veut être informé du danger qui, selon vous, menace le monde.

— Je ne connais pas de danger qui menace le monde », répondit Challenger d'une voix bourrue.

Le journaliste le dévisagea avec étonnement.

« Je veux parler, monsieur, de l'éventualité selon laquelle le monde pourrait être enveloppé d'une ceinture d'éther empoisonné.

— Je ne redoute actuellement aucun danger de ce genre. »

La perplexité du journaliste s'accrut visiblement.

« Vous êtes bien le professeur Challenger, n'est-ce pas ?

— Oui, monsieur.

— Alors je ne comprends pas comment vous pouvez dire qu'un tel danger n'existe pas. Dois-je vous rappeler votre propre lettre au *Times*, qui a paru sous votre signature dans l'édition de ce matin ? »

A son tour, Challenger parut étonné.

« Ce matin ? Il n'y a pas eu de *Times* publié à Londres ce matin.

— Certainement si, monsieur ! dit l'Américain sur un ton de doux reproche. Vous admettez bien que le *Times* est un journal quotidien... »

Il tira de sa poche un exemplaire du *Times*.

« ... Voici la lettre à laquelle je me réfère. »

Challenger gloussa de joie et se frotta les mains.

« Je commence à comprendre. Ainsi c'est ce matin que vous avez lu cette lettre ?

— Oui, monsieur.

— Et aussitôt vous êtes venu m'interviewer ?

— Oui, monsieur.

— Avez-vous remarqué quelque chose d'anormal pendant votre voyage jusqu'ici ?

— Eh bien, monsieur, à dire vrai, vos compatriotes m'ont semblé plus vivants et plus humains que d'habitude. Le convoyeur des bagages est sorti du fourgon pour me raconter une histoire drôle : dans ce pays, c'était vraiment une nouvelle expérience pour moi.

— Rien d'autre ?

— Ma foi, non, monsieur. Rien dont je me souvienne en tout cas.

— Voyons, quand avez-vous quitté la gare de Victoria ? »

L'Américain sourit.

« Je suis venu pour vous interviewer, Professeur, mais j'ai l'impression que vous renversez les rôles...

— Figurez-vous que cela m'intéresse. Vous rappelez-vous l'heure de votre départ ?

— Bien entendu. Il était midi et demi.

— Et vous êtes arrivé à... ?

— Deux heures et quart.

— Et vous avez pris un fiacre ?

— En effet.

— Quelle distance pensez-vous qu'il y a entre ici et la gare ?

— Trois kilomètres, au moins.

— Alors, combien de temps faut-il, à votre avis, pour franchir ces trois kilomètres ?

— Eh bien, peut-être une demi-heure avec ce cheval asthmatique.

— Donc il devrait être trois heures ?

— Oui, à peine.

— Regardez votre montre. »

L'Américain obéit et la stupéfaction se peignit sur son visage.

« Mais dites donc, elle est arrêtée ! Ce cheval a cassé tous les ressorts, c'est sûr ! Le soleil est assez bas, maintenant que j'y pense... Oh ! il se passe quelque chose ici que je ne comprends pas !

— Vous n'avez aucun souvenir d'un incident quelconque pendant que vous grimpiez la côte ?

— Attendez, il me semble me rappeler qu'à un moment j'ai eu une forte envie de dormir... Et puis, cela me revient maintenant, je voulais dire quelque chose au cocher et il ne m'entendait pas. J'ai cru que c'était la chaleur, mais je me suis senti un instant des vertiges... C'est tout.

— Il en est de même pour toute l'espèce humaine ! me dit Challenger. Un instant ils se sont tous senti des vertiges. Personne n'a encore réalisé ce qui est arrivé. Et tous reprendront leur travail interrompu, comme Austin qui a ramassé son tuyau d'arrosage, ou leur partie, comme les golfeurs. Votre rédacteur en chef, Malone, continue de préparer son journal, et il sera stupéfait un jour quand il découvrira qu'il manque un numéro... Oui, mon jeune ami, ajouta-t-il à l'adresse du journaliste américain et avec une soudaine bonne humeur, cela peut vous intéresser de savoir que le monde a traversé le courant empoisonné qui tournoie dans l'éther comme le Gulf-Stream dans l'océan. Et vous voudrez bien noter aussi, dans votre intérêt et pour vos rendez-vous, que nous ne sommes pas aujourd'hui vendredi 27 août, mais samedi 28 août : vous êtes resté sans connaissance dans votre fiacre pendant vingt-huit heures sur la côte de Rotherfield. »

Et là, je pourrais mettre un point final à ce récit. Vous vous êtes peut-être rendu compte en le lisant, qu'il n'est qu'une version plus complète et plus détaillée du reportage publié le lundi suivant dans la *Daily Gazette* (reportage généralement considéré comme la plus grande exclusivité journalistique de tous les temps, et qui a fait vendre trois millions et demi d'exemplaires du journal). Encadrées sur le mur de mon bureau, ces manchettes somptueuses en disent long :

LE MONDE DANS LE COMA

PENDANT 28 HEURES

EXPÉRIENCE SANS PRÉCÉDENT

CHALLENGER AVAIT RAISON

NOTRE CORRESPONDANT EST ÉPARGNÉ

SON RÉCIT SENSATIONNEL

LA CHAMBRE A OXYGÈNE

UNE RANDONNÉE FANTASTIQUE

LONDRES VILLE MORTE

LA PAGE MANQUANTE EST RETROUVÉE

GRAVES INCENDIES. NOMBREUX MORTS

CE PHÉNOMÈNE RISQUE-T-IL

DE SE REPRODUIRE ?

EXPERIENCE SANS PRECEDENT
DAILY GAZETTE
LE MONDE
PENDANT
28 HEURES
CHALLENGER
NOMBREUX MORTS
CHAMBRE A OXYGENE

Au-dessous de ce chapeau glorieux s'allongeaient neuf colonnes et demie de texte : le premier et dernier rapport sur l'histoire de la planète (telle du moins qu'un seul observateur pouvait la relater) pendant le jour le plus long de son existence. Dans un article voisin, Challenger et Summerlee traitaient le sujet sur le plan scientifique, mais à moi seul était dévolu le soin du reportage. Je peux chanter : *Nunc dimittis !* Car ma carrière de journaliste ne connaîtra plus semblable apothéose.

Mais je ne voudrais pas terminer sur des manchettes à sensation ni sur un triomphe personnel. Permettez-moi de citer pour conclure les dernières phrases retentissantes de l'admirable éditorial publié par le plus grand quotidien du monde (éditorial que tout homme réfléchi devrait méditer) :

« Un truisme bien éculé, a dit le *Times*, affirmait que notre espèce humaine était une foule désarmée devant les forces infinies qui nous environnent. Émanant des prophètes antiques et des philosophes contemporains, ce même message, qui était un avertissement, nous a été maintes fois adressé. Mais comme toutes les vérités trop souvent répétées, il avait perdu de son actualité et de sa puissance. Il fallait une leçon, ou une expérience saisissante, pour lui redonner vigueur.

« Nous émergeons d'une épreuve salutaire mais terrible. Nos esprits sont encore stupéfaits de sa soudaineté, mais nos cœurs se sont adoucis en mesurant nos limites et nos infirmités. Cela, le monde l'a payé d'un prix épouvantable. Nous ne connaissons encore qu'imparfaitement l'étendue du désastre ; mais la destruction par le feu de New York, d'Orléans, de Brighton constitue en soi l'une des plus grandes tragédies de l'histoire humaine. Quand le bilan des sinistres maritimes et des catastrophes de chemins de fer sera établi, sa lecture provoquera l'effroi de tous. Et cependant, dans la majorité des cas, les mécaniciens des trains et des paquebots sont parvenus à couper la pression avant de succomber au poison.

« Mais nous laisserons de côté aujourd'hui les considérations relatives aux dommages matériels, pourtant si importants en vies et en biens. Le temps permettra d'ailleurs de les effacer. Ce qui ne doit pas être oublié, par contre, ce qui doit obséder constamment notre imagination, c'est la révélation des possibilités de l'Univers, et la démonstration que l'étroit sentier sur lequel est engagée notre existence physique côtoie des abîmes insondables. A la base de notre émotion actuelle, la gravité se mêle à l'humilité. Puissent-elles toutes deux servir de fondations au temple plus digne que construira, nous l'espérons, une race mieux informée et que le respect inspirera davantage. »

Table des matières

SIGRID et FRED KUPFERMAN

Le complot du Télégraphe

A dix-sept ans, Nicolas est amoureux d'Olympe, la fleuriste, enthousiaste comme lui de la Révolution des sans-culottes. Il travaille avec l'inventeur du télégraphe, ce « messager de la Liberté »... que d'autres utilisent aussitôt à de sombres trafics.

Entre les complots royalistes, l'ennemi aux frontières et la corruption qui rôde, Robespierre sauvera-t-il la Nation de la misère et de la violence?

CHRISTINE NÖSTLINGER

Hanneton vole!

Vienne, 1945. Christine a neuf ans. Les bombes américaines dont la famille se protège, coincée dans une cave, la lutte pour trouver à manger, la fuite des Allemands et l'occupation russe... la confusion du « pays en flammes », tel est le cadre où Christine vit sa vie de petite fille, cette année-là.

Des années plus tard, l'écrivain, d'une plume malicieuse et tendre, nous dépeint cette atmosphère : la peur, la faim, mais aussi le bonheur d'un instant, le dérisoire de telle situation. Elle se souvient de son amitié pour Cohn, le cuisinier russe, de sa complicité avec son père, de sa rivalité avec l'Ange... et retrouve la naïveté et l'ironie de son regard d'enfant sur un monde d'adultes devenu absurde et cruel.

JEAN-MARC SOYEZ

Le complot de la Bible-d'or

1539... Maître Poussepin, le libraire-imprimeur de La Bible-d'or, *sur le pont Notre-Dame, ne sait plus à quel saint se vouer : « On égorge mon commis! On me vole les papiers secrets de messire Jacques Cartier après avoir tué son marin! Mais par qui sommes-nous donc maudits? »*

Thierry, son jeune apprenti, lui apportera-t-il une réponse? Peut-être. Mais pour l'heure, sans l'avoir voulu, il est au cœur d'un complot dans le Paris de François Ier où il ne fait pas toujours bon vivre...

DANIELLE MARTINIGOL

L'or bleu

Bruce, ayant toujours vécu au large d'Uranus et Saturne, vient pour la première fois en vacances sur Terre. Ce qu'il y découvre ne cesse de le surprendre : Atlanpolis, capitale de l'ancienne Méditerranée asséchée, Paris, où le lit de la Seine est garni de gradins de bois, les Vidéo-Jeux et leurs gains fabuleux...

Lancé malgré lui dans une folle course-poursuite qui le conduira jusqu'à Capri en compagnie de Bérénice, jeune et superbe actrice, Bruce découvrira-t-il la vérité cachée par ceux qui détiennent le bien suprême : l'eau?

JONATHAN RUMBOLD
Les poneys de minuit

« Elfe! cria Olaf. Regarde : c'est le poney sacré!

— Il nous demande de le suivre », chuchota la petite fille, les yeux fixés sur le bel animal nimbé de lumière dans la clarté magique de la nuit islandaise.

Olaf est terrifié : les Vikings sont impitoyables quand on offense leurs dieux, et leur maître Sigurd a juré de tuer quiconque montera Frey-faxi! Elfe refuse de l'écouter : parmi la ronde folle des poneys, au pied des glaciers féeriques et des sources qui fument, la petite esclave connaît son premier moment de bonheur depuis bien longtemps. Mais la suite sera terrible...

JOSÉ FÉRON
La bête du Gévaudan

Quel plaisir de retrouver le colporteur et ses merveilles... Hélas! il apporte aussi des nouvelles qui font frémir : une bête féroce rôde dans la forêt, attaque les gens, dévore les garçons et les filles!

Les gardes du roi ne sauveront personne : ils ne valent pas mieux que les loups. Mais Marie et ses amis verront un jour le monstre en face. Alors, ils sauront se battre, eux, les enfants du Gévaudan!

Composition réalisée par C.M.L., Montrouge.

IMPRIMÉ EN FRANCE PAR BRODARD ET TAUPIN
Usine de La Flèche (Sarthe).
HACHETTE - 79, bd St Germain - Paris.

ISBN : 2 - 010 - 13983 - 6

32/0179/5